패엽경

김도연 산문집

패엽경

— 꿈수집가의 허름한 침대

도서출판 북인

차례

1. 멀다, 그저 멀다

시골도서관에서 십일 년째 앉아 있다. 누군가 말하길 여기서 환갑을 맞을지도 모른다고.

날이 저물고 집으로 돌아와 소주를 마신다. 한 천하루 술잔을 만지작거린 듯하다.

정선 구절리 〈오월〉이라는 찻집의 벽 그림 앞. 도서관이 쉬는 월요일이면 여기 와서 자판을 두드린다.

동네 할머니들과 고스톱 쳐서 육천 원 잃었다. 속이 쓰리다.

딸이 엄마에게 친구하자고 문자를 날렸다.
딸 소는 어미 소의 뿔에 찔렸다.
스승에게 친구하자고 문자를 보냈다.
이틀째 답이 없다.
옆구리가 아프다.

5년 전 산에서 소나무가 선 채로 내려왔다.

다리를 만나면 뒤로 누워서 빠져나가는 걸 보았다.

쿵쿵쿵 흘러가는 물소리가 악몽을 불러왔다.

5년 뒤 그 물과 나무를 텔레비전에서 다시 보았다.

차라리 폭설이었으면, 한여름의.

내 친구의 집은 어디에 있을까.

요 녀석.
고작 병아리 두 마리 까고 온갖 유세를 떤다.
병아리를 등에 태우고 마당에서 졸고 있다.
아이고 나도 졸리는 팔월의 오후다.

해마다 광복절이 돌아오면
시골학교 운동장이 들썩거린다.
동문체육대회 및 노래자랑이 열리기 때문이다.
리허설을 하는 오늘 그 옆 도서관에 앉아 나는 인상을 푹푹 쓴다.
대체 어떤 놈이 이런 자리에 도서관을 지어놓은 거야!!!

산골짜기 도서관에서 매일 스마트폰 배터리나 충전하며 인생을 허비할 것이라곤 미처 예상하지 못했다.
이거 까딱하면 잊어버리고 나갔다가 되돌아온다. 도시락도 아니고 원 참!

임계 지나
도계까지 갔었다.
하룻밤 그곳에서 노래를 부르고 술을 마셨다.
미로 같은 산골짜기였다.
돌아오다가 결국 휴게소 화장실에서 구토를 했다.
온몸이 마른 잎사귀 한 장인 듯했다.

당근 작업.
허리가 뽀개진다.
아이고!

날이
저물고 있다.
화목보일러에 장작 세 개 더 넣고
마당에 앉아 노을을 보며
술 마신다.
첫 잔에는 내가 보였는데
지금은 안 보인다.

알이 가득한 통성냥을 쏟았다.

주워 담으려다가

미치는 줄 알았다.

열받아서 소주 마셨다.

엎지르고 수습하지 못하는 게

이번 인생이다.

강아지 여섯 마리가 태어났다.
추워서 오돌오돌 떨고 있다.
어미는 내게 다가오지 말라고 유세를 떤다.
하기야 나보다 낫다.

어미에게 먹을 것을 줘야만
새끼들을 만져볼 수 있는
드러운 세상!

콩,
을 볶았다.
길고 깊은 밤을 건너가기 위해.

완도여객선터미널
배를 기다리며.
고독.

마라도.

낮술.

고독.

이 녀석의

이름은 뭘까.

아침에 낚시로 잡은 술안주.

그러나 고독.

이북 술 같은 한라산.

짜파게티.

그리고

….

이곳이

유배지가 맞을까.

나는 무엇 때문에 여기까지 왔나.

사면의 바다는 철책일까.

저 아리따운 여자들은 헛것일까.

오전부터 마시는 소주도?

에라이!

얼굴이 벌개져서 휘청휘청 헛것들에 다가가 수작을 건다.

— 저, 사진 찍어 드릴까요?

— 됐거든요!

헛것이 맞다.

유배지의 저녁.

원두 가는 기계가 없어

고무그릇에다 식칼 손잡이로

원두를 타 개고 있다.

세상에 이런 커피가!

빈집.

마라도에서 가장 마음에 드는 빈집.

애인과 몰래 들어가고 싶은 빈집.

장독대 위에서 종일 억새나 바라보고 싶은 빈집.

그러다 잠들고 싶은

빈, 집.

⁂

배가 끊겼다.

섬이 적막강산.

감귤막걸리 마시다 생각하니

나는 세상을 너무 모른다.

인터넷으로 항공기 예약도 못하고 여객선 예약도 못한다. 정말이지 아는 게 없다. 술밖에 모른다.

사랑도, 사실 모른다.

바람소리가 무섭다.

⁂

마라도의 난.

원한 것은 아니었으나

난이 일어나

배 타고 삼십 분

차 끌고 오십 분

다시 배를 타고 추자도, 완도.

어둠 가득한 완도에서 졸린 눈을 비비며 차를 운전해 대관령으로 돌아왔다.

원래 3개월 일정이었는데….

이 일을 〈마라도의 난〉이라 명명했다.

아직도 땅이 바다 위인 듯 흔들린다.

사는 게

이럴 수도 있다.

괜찮다.

눈이 내리려는 모양이다.

밤 늦어

눈을 기다리다 지쳐

술 냄새를 풍기며 드르렁드르렁

코를 골며 자고 있을 때

눈송이가 날릴 것이다.

잠든 개의 콧잔등을 간질이며.

옛날… 춘천이란 곳에서… 우리는, 저 선생님의 속을 무던히도 썩이며… 시를 쓰고 소설을 썼다… 그리고 이십여 년이 지나… 백담사 만해마을에서 다시 만났다… 웃고 있지만 마음이 시리다.

욕망의 소리들을

지우며

내리는

눈. 꿈 없이 잠들 수 있는

계절.

그런 밤이 시작되었다.

눈

올 땐 그저

아궁이 앞이 최고!

일본

오사카 선술집.

도꾸리 한 병.

오코노미야키.

임순례 감독.

오사카문화원 아가씨.

그리고 나.

눈이 내린다.
자정 넘은 시간
소주는 눈처럼 맑다.
라디오에선 〈꾸꾸루꾸꾸 빨로마〉가 흘러나왔다.
미치고 싶었으나 나는 미칠 용기가 없었다.
고개를 넘어온 홍시만 후루룩 삼킨다.
아주 오래 이렇게 취해 있는 것 같다. 한 사십 년
눈 내리는 소리를 들으며.
이런 밤에도 아궁이의 숯불처럼
사그라지지 않는 열기가
부끄럽다. 마당의 눈사람이
거인처럼 자라나고 있다.
취하고 싶었으나 한번도 취한 적이 없었다. 미치고 싶었으나.
함석지붕을 때리는 소나기처럼
눈이 내리는 밤이다.
내 몸이 나를 지겨워하는 밤이다.
그런 눈이 내리는 밤이라고 나는 또 딱딱하게 눈을 뭉치고 있다.

어딘가가 시퍼런 밤이다.

진부도서관의 내 자리. 꼭 이 자리는 아니지만 여기서 거의 십이 년을 앉아 있었다. 연말이라 그런지 책도 펼치기 싫다. 연말이라 그런지 이곳저곳에서 돈을 달라고 입을 벌린다. 강원작가회의의 밀린 회비를 냈다. 국민연금 놈들 제발 연락하지 마라. 일본서 당한 휴대폰 요금도 걱정이다. 의료보험이며 작업실관리비, 자동차세와 보험 만기일… 또 뭐가 있나. 이러한 모든 걸 끌고 가느라 십이 년째 소설을 끄적거린 것 같아 갑자기 술 생각이 간절해진다. 간밤엔 내 나이를 생각하다 한숨과 후회를 거쳐 뒤척거린 뒤 한소식 얻었다. 그래, 저 자리에서 죽을 때까지 소설이나 쓰다 죽어야지. 머리맡엔 밀린 고지서를 가득 쌓아놓고.

소들이
청와대로 시위를 간다고 한다.
이 엄동설한에.
할 말이 없다.

영월

만경대산 중턱.

시인 유승도 형 집에 왔다.

소주 한 잔.

지는 해.

그리고, 고독.

만해마을.

시차적응 하느라 삼 일째 술을

마셨는데… 설 연휴가 돌아왔네.

젠장!

눈 덮인

산을

걸었다. 나무들이

목화드레스를 입고 있었다.

한참을 나무 아래에 서 있었다.

행복했다.

건봉사 불이문 지나고

능파교 건너고

수탉인지 꿩인지 봉황인지가

앉아 있는 돌기둥도 지나

적멸보궁에 도착했다.

그곳에서 촛불 하나에 불을 붙였다. 보살님 말에 의하면

사흘 반을 탄다고 한다.

조금 추웠다.

하루는 탁구를 쳤다.

하루는 바람골짜기에서 기름에 튀긴 닭을 우적우적 씹었다.

또 하루는 살얼음이 뜬 남도의 막걸리를 마셨다.

장과 한 그리고 김과 이가 함께 했다.

시인이거나 소설가들이었다.

그 사이사이 아주 조금 집 생각을 했다. 여자들과 통화했다. 소설 몇 장을 넘겼다.

몸이 술자루로 변한 꿈을 꾸고 깨어난 아침 거울을 보니 얼굴이 퉁퉁 부어 있었다.

고향집 멍멍이가 나를 알아볼까 모르겠다.

식은

닭튀김.

거품이 솟는

막걸리.

사십대에 틀니를 낀

소설의 주인공.

그리고

독방을 지키는, 나.

마포.

연희동.

춘천.

그리고 내설악으로 들어가는데

할아버지 한 분 지게 지고 지게작대기 툭툭 두드리며 사차선 도로의 횡단보도를 건너간다.

상행 하행의 차량들이 순간 침묵했다.

고개 숙여 예를 올렸다.

어제 마신 술이 신물이 되어 올라왔다. 집을 떠나온 지 얼마나 되었나….

장이 떠났다.
짐은 무거웠으나
햇살엔 봄기운이 더러 숨어 있었다.
방으로 돌아와 소주 한 잔 마신다.
ㅡ 저물면 아무도 없는 데로 가자
가도 고요는 도망가지 마라.

〈한국인의 밥상〉 보다가
결국 참지 못하고 백담사 만해마을에서 원통으로 빵 사러 간다.
양말도 안 신고 슬리퍼 차림으로 운전한다.
왕복 사십 분은 걸릴 것이다.
대체 단팥빵이 뭐기에….
마치 창졸간에 스님이 된 것 같다.

두 달 동안
진땀 식은땀 코 고는 소리 방귀…
받아내느라 고생했다

"달부 어여뒀어! 잘 가."

⁂

두고온 돌들.

그 돌들 하나하나는 아마도

그동안

많은 시인 소설가들과 눈을 맞췄을 것이다. 그러나 나는 이제 다시 저곳에 가지 않을 것이다. 승복의 회색 냄새가 구토를 불러일으켰으므로.

인제 북천의 돌들아.

너희들에게 미안할 뿐이다.

⁂

두 달 동안 비웠던

진부도서관 내 자리로 돌아왔다.

미안해!

⁂

간나새끼들이

햇병아리들처럼 떠드는

도서관이다.

저 돌을 확 던지고 싶은 걸
꾹 참았다.

이 시간이면
졸음을 이기지 못하고
도서관 국어사전의 이응이 시작되는 페이지에 얼굴 올려놓고 잠든다.
거의 십삼 년째다.
그동안 저기에 침깨나 흘려놓았다.
이응아, 미안하다.

사월의 눈.
밤에는 폭우.
낮에는 폭설.
사월의 비와
눈.

도서관 창밖의 눈.

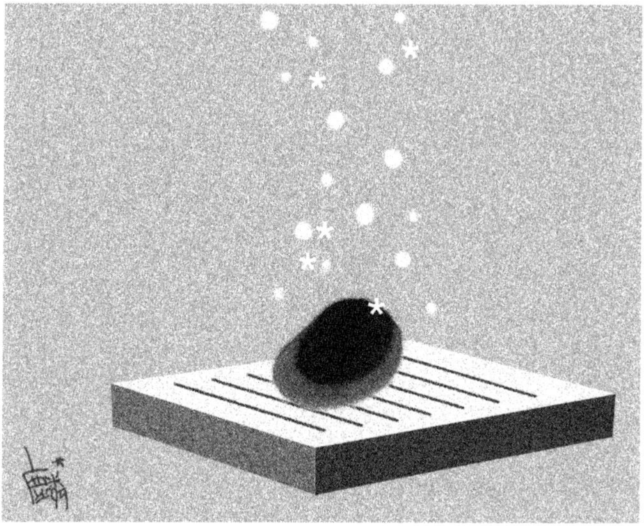

생각해보니

겨우

돌 하나 건졌다.

겨울

내내

원고를 지그시 누르는 돌.

결국

도서관 직원과 소주 한 병 마셨다.

뜨끈한 순댓국으로.

그러니까 이곳은, 북극노인이 사는 도서관.

피어도

피어도

피어도

참 독하다

아니

아름답다.

눈물겹다.

한 여자가 포구의 산비탈 동네 비슷한 곳에 산 적이 있다. 그녀와 나는 비탈로 올라가는 골목길 입구에서 헤어졌다. 그녀는 내게 말했다. 산동네가 싫다고. 구불구불한 골목길이 지겹다고. 그날 밤 나는 포구의 비린내가 진동하는 여관에서 소주와 함께 잠들었다. 그곳은 묵호여도 상관없고 삼척 정라진이어도 상관없다. 시간이 흘러 그녀의 집은 이사를 갔다. 나도 그녀를 잊었다. 다시 시간이 흘러 문득 나는 저 산동네 아래에 도착해 있다. 봄날 꽃을 찾아 떠돌다가. 그녀는 어디에 있을까. 나는 어디에 있는 걸까.

마침내, 해마다 그렇지만
아주 늦게
산동네도서관 울타리 옆에
꽃이 피었다.
마치 이렇게 말하는 것 같다.
— 이거 좀 쑥스럽구만!
사월의 끝자락이다.
화가 조금씩 가라앉고 있다.

김미월의 근작을 읽었다.
오수연의 「돌의 말」을 읽었다.
구경미의 근작을 읽었다.
김용옥의 『중용』을 뒤적거렸다.
「통증연대기」를 읽었다.
강영숙의 근작을 읽고 있다.

오월이다.

뒤뜰에 씨앗 몇 알을 묻었다.

천둥이 지나간 다음날 두릅이 얼굴을 내밀었다. 두릅을 따러 산에 가고 싶은데 멧돼지가 무서워 갈 수가 없다.

시인 안현미에게.

너는 미루나무 두 그루를 지나 서울로 갔더구나.

두 손으로 기차표 운동화를 꼭 잡은 채

울면서 갔더구나.

네가 탄 기차 꽁무니를 바라보며 탄진에 얼룩진 꽃들도

오래 휘청거렸다고 하더라.

장성 철암 황지 고한 사북… 뭐 이런 검은 돌들이 오래 침묵했다 하더라.

그 골짜기의 물도 벌겋게 녹슬었다고 하더라.

세월이 흘러, 꽤 많이 흘러

너는 이제 까르르까르르 웃기도 한다는 소문이 들리더구나. 하지만 그 골짜기의 미루나무는 알고 있겠지, 그게 울음이라는 걸.

오전부터 아부의 글을 쓰려니 목이 다 뻐근하네. 그러니 이제

두릅두릅뚜뚜릅! 노래하지 마라! 이걸로 충분하리라 믿는다.

— 강원도에서 오빠가

모두들 자는 모양이다.
한밤중에 일어나 채널을 돌리다
샹그리라를 찾아가는 다큐를 보았다.
세상의 바람과 물이 시작되는 곳이란다.
멀고 높아서… 고독하겠구나.

비가 오지 않는 날이면
삼천리자전거를 트렁크에 싣고
오대산으로 간다.
월정사에서 산장까지
시간이 남으면 상원사까지
자전거는 나를 싣고 달린다.
그 어느 오후에 만난 물매화.
조금 웃다가
한참 울었다.

새벽 세 시.

잠에서 깨어나 파리 네 마리를 잡았다.

당연히 잠이 안 온다.

엊그제 본, 투명한 지붕에 떨어진, 비에 젖은 버찌 생각을 한다. 익지 않은.

생일 아닌 생일날 새벽에 생각한다.

글을 쓰는 일이, 결과적으로 나를 병들게 하지 않기를….

버찌… 이상한 이름의 열매다, 라고 이 새벽에 중얼거린다.

한 남자가 있다.

그 남자 지금 다섯 번째 시집을 내고

춘천 〈올훼의 땅〉 탁자 밑에서 자고 있다.

나는 집으로 돌아왔다.

버찌가 익어가는 유월이다.

도서관에서 순대를 안주로 소주 마셨다.

이곳은 천국의 도서관이다.

소설가에게 술과 간식도 주다니.

물론 일급비밀이다.

⁂

삼천리자전거 타고
정선 왔다.
빈대떡에 막걸리.
어찌어찌 아등바등 오긴 왔는데
갈 일이 걱정이다.
내 인생이 대략 이 모양이다.

⁂

으아
번개 천둥이다!
집은 아직 멀었는데.

⁂

어느 봄날, 한 남자와 그의 아내, 그의 애인이 대관령옛길로 함께 소풍가는 이야기.

⁂

고라니가

바라본다.

대관령에서 길을 잃은 그 세 사람을.

서울에 왔다.

서울에 와서

어제 찍은 오대산의 부도를 본다. 해가 지기 직전이었다.

고요했었다, 그게 좋다고 고개를 끄덕였었다. 그러나

아니다. 아무리 더워도 서울의 짧은치마 모던걸들을 보는 게 훨씬 낫다.

산속으로 돌아가기 싫다.

월요일에 삼척 정라진을 떠돌다가

척주동해비에서 이 글자를 만났다.

바다는 푸르고 창창했다.

들어가 머리 아홉 달린 괴물

천오天吳를 만나고 싶었다.

어제 저녁 막걸리를 마시고 삼천리자전거를 탔다. 어두워지는 오대산 계곡에서 화를 다스리고 어떤 각오까지 해버렸다. 우습게도. 이상하다. 월정사 팔각구층탑이 자꾸만 삐딱하게 보였다.

삼천리자전거는 나를 태우고 정선 동강 가수리까지 왔다. 정선의 산과 하늘은 늘 내 입을 쩍 벌어지게 만든다.

무슨 생각을 하고 계시냐고?
….
시골 도서관에서 앞에 앉은 여자의 뒷모습을 훔쳐보다가
그도 싫증나
하품만 하네.
지난 겨울의 함백산은 참 뜨거웠었지.

당귀밭에 농약 치는 대관령면의 김도연씨!

길이 끊어져 개울을 건너 구절리로 가는 대관령면의 김도연씨.

팔팔고속도로.

한 삼천 년 될 때까지 공사해라.

졸면서 간다.

낚시하는 사람들.

뛰어들고 싶었으나 겨우 참았다.

하지만 나는 알고 있다.

조만간 낚싯대를 들고 저곳을 기웃거리리라는 것을.

독한 유혹이다.

서쪽과 남쪽 하늘에

큰 불이 난 모양이다.

물속 깊이 들어가야겠다.

뱀장어처럼.

도서관 남자직원이 자꾸만 술 마시자고 꼬드긴다.
두 번 사양하고 세 번째에는 그러자고 한다.
컴컴한 치킨집에서 낮술 마신다.
도서관에 복귀하면 여직원이 술 냄새 난다고 구박한다.
어쩌란 말인가.

백화

산골집은 대들보도 기둥도 문살도 자작나무다
밤이면 캥캥 여우가 우는 산도 자작나무다
그 맛있는 모밀국수를 삶는 장작도 자작나무다
그리고 감로같이 단샘이 솟는 박우물도 자작나무다
산너머는 평안도땅도 뵈인다는 이 산골은 온통 자작나무다

백석의 시를 읽다가 문득 북쪽 땅이 그리워 휴대폰의 구글 지도를 펼쳤다. 아무것도 없었다. 자작나무 껍질처럼 하얄 뿐이었다. 정주도 함흥도 여우난골족의 골짜기도 보이지 않았다. 슬프고 서러웠다.

낙산사에 갔었다.

큰 불을 피한 소나무를 만났다.

오래

바라보았다.

삼

대마

대마초

마자

삼베

이 매력적인 이야기를 나는 언제 소설로 옮길 수 있을까.

태풍이 길을 틀어 우리 마을로 오는 모양이다. 도서관 창밖으로 큰물이 흘러가는 듯 요란하다. 이러다 이 도서관이 물에 떠다니는 건 아닐까. 저 비가 한순간에 함박눈으로 변하면 얼마나 좋을까.

껍질째 삶은 콩과

소주.

그리고 골짜기 외딴 집의 나.

밤의 여행자들.

민둥산 노을.

노을에 홀렸다가

결국 캄캄한 길을 걸어서 내려왔다.

소설보다 현실은 아름답지 않았고 다소 비참하기까지 했다. 뭐 한두 번 겪는 일은 아니지만.

내일 지구가 어쩌구저쩌구 해서가 아니라 그냥 창문 너머 뒤뜰에다 한 그루 심었는데 이 년 만에 딱 하나의 사과가 열렸고 발갛게 물들고 있다. 어찌해야 하나. 저 사과를. 곧 눈보라가 칠 텐데.

오대산

자전거로드.

성질 급한 나무부터 취한다.

취해라!

동강에 왔다.

동강할미꽃 피었던 자리에

구절초가 앉았다.

좋다.

밤을

굽는

추석

아침

술이 안 깬다.

자작나무들은 맹렬하게 살고 있었다. 나는 건너편 산봉우리에서 서성거렸다. 꿈틀꿈틀 살고 싶었으나 늘 막판에 무너지는 삶이었다. 그래 한번 더 취해보자. 저렇게 맹렬하게. 저렇게 하얗게.

붉은 단풍으로 도배를 해버리자!
그래야만 함박눈이 오실 게다.

오대산 상원사에서 북대로 가는 단풍터널.
깜박 잊어버리고 가장 중요한 술을 빠트렸다.
원통하다!

아침에 첫 얼음이 언 걸 보았다.
낙숫물이 고인 고무구박에
살얼음.
고향으로 돌아와 십삼 년째 월동준비를 못했다. 하고 싶었으나.
아궁이 앞에서 불이나 쬐며 졸고 있다.
십삼 년째.

평창의 어느 골짜기에 들어와 머물렀던
잣 알갱이를 안주로 소주를 마셨던

방에 눈 코 입 희미한 미륵을 모셨던
소설가 김성동 선생님.
그 그늘 깊은 방에서 가져와 내 방 벽에 걸어놓고
마음이 요동칠 때마다 바라보는 액자 속의 네 글자.

문장즉인文長則人

아침에 잠이 덜 깬 얼굴로 얼음이 언 고무구박을 가만히 들여다보고 있는데, 헉, 흰 늑대 한 마리가! 밤새 내 꿈속을 헤집고 다닌 바로 그놈이었다.

오전에 나무들을 보고 왔다.
산 아래 찻집에서 커피를 사들고 나왔다.
차를 몰아 월요일의 고개를 넘었다.
우체국에 들러 통장을 정리했다.
십오층 서늘한 작업실에 도착해 담배 두 대를 피웠다.
로맹 가리와 진 세버그의 『숨 가쁜 사랑』을 펼쳤으나 책장이 잘 넘어가지 않는다.
방으로 들어온 가을 햇볕, 고요하다.

문득 엊그제 목욕탕에서 본, 등에 낡아가는 호랑이 문신을 한 사내가 떠오른다.

그 사내의 어린 아들도.

낮술을 마셔야겠다.

폐탄더미에서 자라는 자작나무가 물들었다. 자작나무를 지나 카지노에 도착했으나 술 취한 사람은 입장할 수 없다고 한다. 할 수 없이 폐광 위에서 쓸쓸히 잠들었다. 자작나무는 영하의 밤을 건너가고 있었고.

비 오는 아침.

뜰 앞의 잣나무와 전나무.

여기는 어디인가.

나는 누구인가.

아이고

배고프다!

눈이 왔다 하여

대관령 정상으로 차를 끌고 갔다가
강풍에 하마터면 고개 너머로 날려갈 뻔했다.
고개 너머로….
그러나 생각해보니 나는 늘 저쯤에서 이러저러한 핑계를 대고 뒤돌아섰으니.

시어머니 빤스를야 떡실게다 쪘더니
이도야 죽고야 떡도 잘 익고 단내가 솔솔 나네
시누야 올케야 말내지 말게
삼밭 속의 보금자리는 내가 쳐놓았네
저것을 길렀다 낭군을 삼느니
솔씨를 뿌렸다 정자를 삼지

—〈정선아라리〉에서

밤에 눈을 보면 무섭다. 자정 무렵 술 한 잔 마시고 마당의 눈을 치다가 저물 무렵 집으로 들어온 내 발자국을 만났다. 나는 눈보다 무겁구나. 누구와 동행하지도 않았구나. 저 발자국은 누구의 착한 마음을 모질게 꾹꾹 밟아버린 것만 같구나. 서둘러 넉가래로 발자국을 지우고 돌아와 다시 술잔을 잡았다.

말린 물고기를 뜯어먹다가 잠들었다. 바람이 힝힝 울었다. 꿈속까지 따라온 눈보라가 바늘로 등가죽에 구슬을 엮듯 얼음알갱이를 촘촘하게 매달았다. 창밖에서는 검은 눈사람이 밤새 나를 들여다보고.

바람이
눈밭에
그린
그림.
봄여름가을 푸른 무밭이었는데
알 수 없는 저 그림은
무의 속일까?

12월이 되니
돈 달라고 아우성이다.
글이란 걸 쓰면서 여기까지 온 게 기적이다.
살아갈 날들이 벌써 최악이다.
그가 대통령이 되어서
모다들 따사로이 가닌힌 그런 세상을 열었으면 좋겠다.

눈

내리는

집.

눈

내리는

사람.

눈

내리는

나무.

컴컴한 작업실에서 낮부터 술 마신다.

오징어를 만났다.
오징어의 눈을 만났다.
수족관 속의 녀석은
나를 바라보는 것만 같았다.
할 말이 있는 것 같았다.
그 앞에 쪼그려 앉아
나도 녀석의 눈을 한참 바라보았다.
그러나 끝내 알 수 없었다.
말없이 수족관을 떠나왔다.

마당 귀퉁이에 있는 변소(야, 변소라는 말 오랜만에 써본다). 하여튼 눈보라 휭휭 치는 밤 변소에 쪼그려 앉아 빡빡 담배를 빨며 서둘러 볼일을 보다 문득 이런 생각이 들었다. 함석지붕이 눈의 무게를 이기지 못해 무너져 내릴 수도 있겠다. 볼일을 보다 지붕과 눈에 깔려 죽으면 좀 창피하겠다. 뭐 이런 생각이 들자 후다닥 볼일을 끝내고 밖으로 나갔다. 눈보라 흘러가는 하늘에 흐릿한 달이 떠 있었던가. 모르겠다. 근데 나는 왜 집안의 멀쩡한 화장실 놔두고 마당 귀퉁이 눈송이가 담을 넘어오고 바람이 들이치는 저 변소를 매번 찾아가는가. 마치 애인 집을 드나들 듯.

새벽 두 시 반

집에 도착해 소주 한 잔 마시는데, 취해 잠자던 아버지 벌떡 일어나

속옷바람으로 마당에 나가 소변을 보고 들어온 뒤 시계를 보더니

에이 ××, 아직 밤이네!

한마디 던지고 방으로 들어갔다. 나는 그저 술잔이나 비우고 아궁이에 불이나 지피고.

멀다.

그저

멀다.

근데 대체 뭐가 먼 걸까?

원주에서 볶음밥과 커피를 시켜놓고 네팔 가는 버스를 기다리고 있다. 그 버스는 아마도 홍콩을 경유한 뒤 히말라야의 남

쪽을 돌아 카트만두에 도착할 것이다. 그리고 나는 버스를 갈아탈 것이다. 포카라로 가는 버스. 그 버스의 승객들은 어느 순간 옛 애인들로 변할 게 틀림없다. 나는 그녀들에게 시달리며 장장 일곱 시간을 버스에서 갇혀 지낼 것이다. 멀리 안나푸르나는 만년설을 짊어진 채 빙긋 웃고만 있을게고. 그럴 터이지만 하여튼 나는 원주에서 네팔 가는 버스를 기다린다.

짧은 여행에서 돌아왔다.

노안은 조금 더 진행된 듯하다.

폭설이 내린 대관령은 히말라야보다 더 가까워서 아름답다.

도서관에 앉아 물레로 목화실을 짜는 여인의 뒷모습을 바라본다.

자주 눈을 비비며.

사랑기Saranggi 연주자여

슬픈 노래 한 곡 들려주오.

이제 나는

눈이 멀어 그녀를 볼 수 없다오.

오직 그대의 연주에 의지해 살아갈 뿐이니.

네팔 타멜의 어느 거리에서
짜이를 파는 아가씨에게
오늘 편지를 보냈다.

그 작은 찻집에서 나는 한마디 말도 못하고 입김으로 뜨거운 차만 후후 불었다.

편지는 세상의 지붕이라는 설산을 넘어가야 할 텐데.

부디….

부디….

아무쪼록….

언젠가 나도
더 이상 문 밖 출입을 못하고
골목을 향한 이층 창에 기대앉아
예쁜 청춘들을 물끄러미 바라보겠지.
그들에 대한 질투의 글들을 끄적거리겠지.
아주 옛날의 연애를 떠올리면서.

저 깊은 우물 속에도

캄캄한 어둠이 고일 것이다.
길 잃은 마음들이
밤이 깊어지면 들어가 쉴 것이다.
하지만 아침이 와도 어떤 마음은
두레박에 실려 나오지 못할 것이다.
자의든 타의든
그건 풀 수 없는 마음의 일일 테니까.

애인을 화장했다.
파쉬파티나스 성전의 개울가에서.
원숭이들이 떼를 지어 몰려다녔다.
애인의 송장을 태우는 연기가 사방으로 흩어졌다.
등에서 땀이 솟았고 허기가 몰려왔다.
미지근해진 소주로 목을 축였다.
애인이 모두 탈 때까지.
그 재가 개울에 뿌려질 때까지
기다려야만 했다.
석쇠에 구운 삼겹살 생각을 겨우 지우며.
하루의 오후가 한 천 년 같았다.

뜨거운 짜이 한 잔 주시오.
간밤엔 영하 이십사 도의 추위 속에서
풍찬노숙을 했다오.
세상사 가도 가도 눈보라 날리는데
여기서 화장터까지는 얼마나 걸리오.

잠자는
개들의
거리로
다시 가고 싶다.
시끄러워 잠을 잘 수가 없다.
지금 이곳은.

저잣거리에서 묻혀온 사람과 고기 냄새를 지우려고 산에 갔다가 길을 잃었다. 허리까지 빠지는 눈 속을 헤매다 동굴을 발견해 들어갔더니 거기 모여 있는 짐승들. 토끼 멧돼지 고라니 오소리 너구리 뱀, 그리고 새들까지. 자라는 겨울잠은 안 자고 쑥과 마늘을 열심히 먹고 있었다. 가관이었다. (가관이었는데 덕분에 동화 한 편 쓸 소재를 챙겼으니.)

사람이
사람의
마음을
아프게 한다.
새가 아니라
개가 아니라
멧돼지가 아니라
눈이 아니라
사람이
사람을 눈물 흘리게 한다.
슬프다.
저 눈 속에 들어가 잠들고 싶다.

요즘엔 저 사내에게 자주 눈길이 머무른다. 왜? 자물쇠가 걸려 있는 닫힌 문 앞의 걸인 사내. 왜? 혹 저 자리가 내 자리는 아닐까.

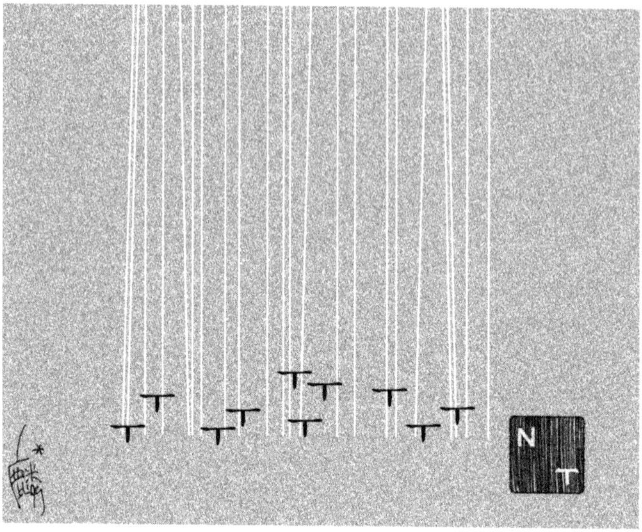

눈과 바람이 도서관의 서쪽에서 몰려온다. 노트북의 자판 중 ㅜ가 떨어졌다. 작년 겨울부터. 눈은 또 올 줄 알았고 바람도 또 불 줄 알았다. 강력본드로 ㅜ를 붙여 사용했으나 오래가지 않았다. 눈과 바람은 삼월까지 도서관을 덮을 게 틀림없다. 요즘은 떨어진 ㅜ를 호주머니에 넣고 다닌다. 도서관 창 너머 빈 밭으로 눈과 바람이 우우우 몰려다닌다.

할머니

저 원주 가고 있어요.

할머니

원주 가면 혼자 낮술 마실 겁니다.

할머니

아직 거기서 사람들 구경하고 계시지요?

할머니

낮술 드시러 원주 오실래요?

할머니

타멜의 낮잠 자는 개들 잘 있지요?

나는 수많은 일출과 일몰을 보았다

켄터키에서 무지개를 보았고

카마르그의 야생 백마와 커다란 검은 소들도 보았다

뉴욕에서 산을 이루는 파도를 본 적이 있다

고향에서 맑은 밤하늘의 수많은 별들을

경탄에 찬 눈으로 바라보았다

산에도 가보고 끝이 없는 숲도 걸어보고

모든 종류의, 최고의 경이를 보았다….

그러나 한번도, 단 한번도 여성만큼 아름다운 존재를 보지 못했다.

여성은 세상에서 가장 아름다운 존재다.

—얀 샤우덱

토요일의

진부한 도서관.

인생이 왜 이 모양이야!

쑥과 마늘밖에 안 보이네.

저 구름, 구름 뒤편 마차푸차레. 저 집. 내게 뭐라 말했는지 기억나지 않는, 저 주인아저씨. 다들 잘 있는지 모르겠다. (도대체 얼마나 더 끙끙거려야 소설 제목이 내려오실까.)

2. 포르코, 포르코는 어쩌다 돼지가 됐어요?

스무 살이 되면서부터
봄이 오면
늘 아프다.
지병이 되었다.
꽃이 피는 남쪽으로 내려가
꽃나무 근처에서 며칠 잠들고 싶다.
마음은
피는가, 지는가, 꼬꾸라지는가, 처박히는가, 솟구치는가, 구경이나 하는가.
손톱을 이용해 아주 긴 코털 한 올을 뽑는 꿈을 꾸었다.
오래 전에.

눈이 녹고
꽃이 피기 전까지의 시간.
온몸이 가렵다.
잎이 지고
눈이 내리기 전까지의 시간도
마찬가지다.
오전에 진부 중앙서점집 딸의 서점이야기를 읽었는데 기분이 묘했다.

옛날에 아주 옛날에

중앙서점에서 『어깨동무』 특별부록을 훔치다가 걸린 적이 있다.

봄비가

날이 밝으면서

눈으로 옷을 갈아입었다.

역시 대관령이다.

꽃이 피려면 멀었다.

아침부터 소주나 한 잔 마셔볼까.

아

소를 끌고 칸으로 가는 줄 알았는데.

가서

돌아오지 않을 작정이었는데.

진부한 도서관에서 소설은 안 쓰고 휴대폰의 사진이나 뒤적거리고 있으니

한심하도다!

춘궁기가 돌아왔다.
도둑질하러 가야겠다.
도끼와 낫을 챙겨서
영을 넘자.

비탈밭에 닭똥을 펴다가 허리가 아파 주저앉았다.
얼마 전 이런 메모를 했다.

소가 방으로 들어왔다.
그녀가 방에서 나갔다.

무슨 뜻일까?

만두에서
찐빵에서
김이 솟는다.
허공의 눈송이들은
만두와 찐빵을 찌는 분식집

솥뚜껑 위에 내려앉아
좋구나!
좋구나!
눈물을 흘리고
시내 사거리 모자를 쓴 사내는
콧물을 훌쩍거리며
떠나가는 버스나 바라보고 있다.

우리 집에서 태어나
죽은
개들의
사진.
모처럼 화창한 봄날에 너희들을 불렀다.
미안하다.

강릉종합운동장.
춥다.
추워.
질러! 차! 반칙이야 반칙! 심판 똑바로 봐! 야! 우와!

제발 골 좀 넣어!

힘이란
늘 과잉이다, 그러나
그 힘 때문에 연명하고 있으니….

박정만의
시 「혼자 있는 봄날」이
생각나는 하루였다.
그리고 고독.

고성 왕곡마을의 가난한 연극쟁이와 헤어져 미시령 옛 길로 올라갔다. 꽃 지고 꽃 피고 있었다. 춘천에 있다는 북산집에 가고 싶었으나 인제에서 방향을 틀었다. 현리 상남 미산 원당 창촌을 지나 운두령을 넘었다. 북산집에서 고요히 술 한 잔하고 싶었으나 봄날의 마음은 갈팡질팡이었다. 북산집의 막걸리 냄새 대신에 만난 연둣빛 잎들…. 북산집과 저 연둣빛이 어떻게 이어져 있는지는 모르겠으나 오늘의 먼 길은 그저 연두였다.

어제는 정선 거리를 걸었다. 막걸리가 깨지 않아 강물 옆에서 돌 구경을 했다. 고개를 수그린 채 오래. 오늘은 빗방울이 날리는 진부장거리를 구경했다. 밥맛이 없다는 아버지가 사오라는 빵을 샀다. 단팥과 크림이 들어간 것으로. 난전에서 어묵과 호떡으로 점심을 해결했다. 친구의 시집 간 여동생을 만나 좀 창피했다. 막걸리 한 잔 마시고 싶었는데 도서관 직원이 바쁜 거 같아 그만뒀다. 방울토마토 한 봉지를 샀다. 하늘은 어제와 달리 어두웠다. 전화기는 며칠째 침묵을 고수하고 있다. 물론' 전화를 걸지도 않는다. '산토끼 사냥'이 끝나가고 있다. 어떤 토끼가 나타날지 궁금하다. 언젠가 자정 넘어 정선역에 내린 적이 있다. 파란 하늘은 그래서 나의 어떤 인생과는 매우 낯설다. 낯설고 쓸쓸하다.

북산집은 아마 오늘밤 꿈에나 가서 앉아 있을 것이다. 취할 것이다. 아마 나의 다음 노래는 북산집에서 취해 돌아오다 만날 '마지막 정육점'이 될 게 틀림없다. 잘 가라 산토끼들아.

춘천 베어스호텔.
소설을 들여다보고 있다.
살다보니
호텔 방에 처박혀 소설을 들여다보는 날도 있다.
춘천의 한승태 시인 덕분이다.
그나저나 밤이 깊었다.

다시
떠날까.
탁구공 하나 들고서.
지난 번처럼 사 홉 소주 일곱 병 배낭에 넣고서.
이 세상의 '마지막 정육점'을 찾아서….

목련을 만났다.

목련은 옛애인.

목련은 드레스.

목련은 첫사랑.

목련은 고량주.

목련은 가랑비.

목련은 등잔불.

목련은 함박눈.

목련은 산토끼.

목련은 북산집.

목련은 여우비.

목련은 후치질.

목련은 엉덩이.

목련은 놀란피.

목련은 샛바람.

목련은 도서관.

목련은 계란빵.

목련은 토요일.

목련은 송아지.

목련은 짜장면.

목련은 구절리.

목련은 벙어리.

목련은 남포등.

목련은 반성문.

목련은 도망친 신랑을 쫓는 신부의 요절복통 이야기를 담은 동사서독, 그리고 '마지막 정육점'.

아침에
마당에 나가보니
토끼장에 전에 없었던
아기 토끼 두 마리가 있었다.
여러 모로 좀 신기했다.
하여튼 식구가 갑자기 늘었다.
열심히 일해야 한다.
꽃타령은 그만하고.

아무도 없는 토요일의 도서관에서 책을 넘기고
산벚나무를 지나 집으로 돌아왔는데
아버지가 똥간의 똥을 치다가 그만 마당에 쏟았다.
가히 꽃향기 진동하는 저녁이다.
술이 필요하다. 독한 소주가.

해 질 무렵
능선의 나무들은 좋겠다.
캄캄한 밤을 함께 건너갈
친구들이 많아서.

요즘 세상은
음허화동陰虛火動이라고 한다.
그래서
도서관 마당에 핀 벚꽃을 하늘 귀퉁이로
밀어보았다.
그리고
밤이다.

배를 타고
정선 깊은 곳 구절리쯤 가서
사라진
봄이나 찾아볼까, 아니면
앞니에서 털이 솟아나올 때까지

돌이나 두드릴까.

한암 스님은 집에서 가까운 오대산에 계셨다. 물론 본 적이 없다. 스님의 일화를 전해 들었을 뿐이다. 스님은 1903년(28세) 참선 도중 시를 지어 스승 경허에게 보여주었다. 경허는 하안거 해제일에 법상에 올라 "한암이 개심의 경지를 넘었다" 말하고 깨달음을 인가하였다. 그 네 줄의 시 중 마지막은 이렇다.

북산은 말없이 남산을 마주하고 있네

매일 책을 들여다보고 상상에 빠지고 꽃과 나무와 산을 바라보았지만 다 헛수고다. 나는 그저 읽기만 했을 뿐이다. 책과 나무와 꽃의 수효와 색만 훑었을 뿐이니…. 누구의 생일 전날, 참담하다. 한암 스님은 그 후 어느 날 부엌에서 아궁이에 불을 지피다가 다시 크게 깨닫고 오도송을 남겼다 한다. 나도 아궁이에 꽤나 불 좀 지폈는데….

삼천리자전거 타고 떠났다.
주막에서 놀다가 날이 저물었다.

사는 게 늘 이렇다.

고개를 넘다가 호랑이를 만나지 않은 게 다행이다.

집에 돌아와 짜파게티에 소주 반 병 마시고 누웠는데

아이고!

끙끙!

한암 스님은 상원사 영산전 파탑 옆에서 사진을 찍었다. 겔상 추키는 티베트의 가수인데 월정사 서점에서 사진만 보고 구입했다. 그리고 내 방 창문 너머의 사과나무가 꽃을 피웠다. 『내가 죽어 누워 있을 때』는 도서관에서 빌린 소설이다. 불탄일 월정사를 기웃거리다가 팔각구층석탑의 반만 찍었다. 도서관 옆 모교 마당의 버드나무는 오래 전에도 있었다. 나는 이것들이 어떤 인연으로 연결돼 있는지 모른다. 다만,

오월은 푸르구나.

우리들은 늙는다.

열흘 감기 끝에 일어난 아버지는 문어가 먹고 싶다 하였고 나는 문어를 찾아 주문진으로 떠났다. 토끼는 삼겹살을 구운 북판으로 썼던 토끼장의 철망 너머에서 폼을 제법 잡았고 원종

동네 개들이 짖는다.

깊은 밤.

한 마리 두 마리….

잠자던 아이가 운다.

잠에서 깨어난 사람들이 소리를 지른다, 개처럼.

어느 순간 소리가 사라진다.

다시 개들이 짖는다.

사진과 글을 지우고 다시 사진과 글을 짓는다.

연등의 불이 꺼진 밤이다.

국 소설가는 새 책을 펴냈다. 이 모든 시간들 속에서 왕벌은 꽃 속을 드나들었고 나는 문어와 성게를 안주삼아 취했는데, 달이 밝아, 달이 밝아, 달이 붉어….

옛 소사휴게소.
지금의 하행선 횡성휴게소.
아가위나무가 피운 꽃.
비 내리고
바람 분다.
집으로 가는 길이 멀다.
아가위나무 꽃그늘 아래서 하룻밤 잠들고 싶지만
돌아가야 한다.

아가위나무를 보고 돌아가는 밤. 비와 바람이 드셌던 밤. 온갖 개구리들이 도로를 건너려고 하던 밤. 중앙분리대가 더 이상의 진입을 막던 밤. 왔던 곳으로 황급히 뛰어가는 개구리를 보던 밤. 차들이 질주하던 밤. 생쥐 한 마리가 똑같은 상황에 처해 부랴부랴 되돌아가던 밤. 차들이 쌩쌩 달리던 밤. 비린내가 진동하던 밤, 당황한 두꺼비 한 마리가 고속도로 위에서 한

번 뛰고 숨을 고르고 다시 뛰던 밤. 브레이크를 밟고 눈을 껌벅이는 그 두꺼비를 바라보던 밤. 변함없이 차들이 씽씽 달리던 깊은 밤. 두꺼비의 턱이 바람주머니처럼 부풀던 밤. 한 사내가 뒤쫓아오는 상향등에 밀려 자정 너머의 산골짜기로 돌아가던 밤. 도처에 썩기 직전의 비린내가 자옥했던 밤. 그 사내가 몰던 차도 어느새 도로를 이탈해 구절리 지나 인도로 날아가던 밤. 그런 밤. 마당가에 피었던 목단이 비와 바람에 모두 떨어져 내렸던 밤.

대파는 자라고
토끼는 풀을 씹어먹고
수탉은 눈을 부라리며 위엄을 뽐내는데
토요일의 도서관에서 나는 눈꺼풀에 매달려 있는
바위를 옮기느라 끙끙거린다.

일요일 오후
오봉산 아래 고려정원에서 놀았다.
회전문 근처에서 신발과 양말을 벗었다.
발이 시렸다.

돌고 또 돌았다.
이번 생에서 우리가 또 함께 모여 저곳에 다시 갈 수 있을까.
회전문이 쉼 없이 물을 토해냈고
우리는 고개를 넘었다.
멀미를 참으며.

하루가 길었다.
대관령에서 춘천까지.
춘천에서 대관령까지.
무더웠는데 눈이 내렸다.
술잔 앞에 앉아 현우 형의 그림 〈겨울 나그네〉를 보고 있다.
그림 속, 기타를 어깨에 메고 있는 사내가 기다리는 버스는 아마 오지 않을 것이다.

어떤 외국 페이스북 친구가 안부를 묻는다.
그 나라 말을 할 줄 모르니 캄캄하다.
그의 나라가 어디인지도 모른다.
만나서 저 구름 아래 앉아 술이나 한 잔 마시면
언어를 단박에 건너뛸 수 있을 텐데.

이 글을 쓰는데 답변이 왔다.
살고 있는 데가 페루란다.
맙소사!
새들이 날아가 죽는 땅 페루!
서반아어를 배워야 하나, 서반아어가 맞나?

늙은 이발사가
머리카락을 자르다가
화장실에 갔다.
늙은 이발사는 머리카락을 자르며
방귀를 무려 열 번이나 뀌었다.
나누어서
나는 속으로 그 횟수를 셌다.
그러다 결국 양해를 구하고 화장실로 달려갔다.
나는 이발 가운을 뒤집어쓴 채 늙은 이발사가 돌아오길 기다리며
월정사 팔각구층석탑을 바라보는 석조보살좌상을 떠올렸다.
머리카락을 다 자르면
절을 접수하러 가야겠다.

탑
꼭대기로
가는
길은 무더웠고
소나기 퍼부었다.
돌돌!

방구석이 거의 난장판이다.
사는 게 이 모양이다.
머리 아픈 짓 그만두고
일찌감치 오대산 석탑이나 훔쳐서
밀수업에 종사했어야 맞는데
엉뚱하게도 스님 칭찬하는 글을 끄적거리고 있으니.
돌돌!

왠지 낯익은 얼굴이다. 강릉 내곡동 신복사지 석조보살의 복스러운 얼굴은 강릉여자들의 전형적인 어떤 얼굴과 흡사하다. 그러니까 신라 때부터 내려온 얼굴형이다. 어느 오후 강릉의 한 식당에서 냉면을 먹다가 깜짝 놀랐다. 건너편 자리의 아주머니 얼굴이 신복사지 석조보살과 놀랍도록 흡사했던 것이다. 옛날 내가 눈여겨보았던 강릉여자도 같은 얼굴형이었다.

돌돌!

조각가 권진규. 그는 춘천 약사동 망대 아래에서 하숙을 했고 성북동의 작업실 뒤편 좁은 방에서 오래 잠을 청했으며 작업실이 내려다보이는 이층 작품보관실에서 스스로 목숨을 끊었다. 비 내리던 어느 오후 차례로 그곳들을 기웃거렸다.

밤하늘의 검은 구름은 어디로 가고 있는가….

가사를 걸친 권진규의 자소상.

그의 아내 오기노 도모.

그의 가마.

언젠가 그는 가마를 부순 적이 있다.

그리고 그는 이렇게 말했다.

"작가는 작품을 팔아서 생활하면 안 되는데… 작품이 없어질 때마다 슬프다…."

조각가 권진규 이야기다.

“포르코, 포르코는 어쩌다 돼지가 됐어요?”

미야자키 하야오의 만화영화를 보다 들은 이야기다.

깃발 없는 당간지주를 바라보는데 왜 자꾸만 그 대사가 생각나는 걸까?

강릉 안목해변에서 시인 이솝과 가리비구이를 먹었다.

팥빙수는 평창의 어느 골짜기에서 정선 조카와 먹었다.

토끼는 아직 어리기에 무럭무럭 크라고 풀을 먹였다.

매미소리가 한창이다.

스승의 책 두 권을 기다리며 옥수수수염을 노려본다.

내 수염도 자라고 있다.

여름의 권태다.

무림을 평정하겠다는 야심에

집을 떠났다가

집으로 돌아왔는데 그 사이에

옥수수수염은 그윽해졌고

오이꽃은 깊어졌고

사과는 굵어졌다. 그뿐인가.

봉숭아 접시꽃 도라지꽃…. 모도들 그 자리에서 기꺼이 아름다웠다. 스승의 말처럼 협객은 경공술로 순식간에 허공을 날아가도 그 아래에서는 천천히, 아주 천천히 벼가 익어가는 거였다.

간밤엔 피서온 친구 부부를 찾아갔다가 냇가에 세워둔 차에서 잠들었다. 집으로 가지 않고 떠도는 버릇은 언제 사라질까. 보랏빛 도라지꽃은 언제 내 앞에서 피어날까. 언제 나는 장독처럼 한자리를 지킬 수 있을까. 독한 여름이다.

도서관의 동쪽 담 너머엔 조선식당이 있다. 정오가 되면 어김없이 생선 굽는 냄새가 피어난다. 도서관의 북쪽 담 너머는 화물취급소다. 다방 아가씨들이 커피가 담긴 보자기를 들고 수시로 드나든다. 도서관의 서쪽엔 중고등학교가 있다. 올해도 동문체육대회 전야제의 불꽃이 빵빵 터졌다. 도서관의 남쪽 담 너머는 비닐하우스가 있는 밭이다. 소나기 떼의 화끈한 놀이터다. 사방 벽에 둘러싸인 도서관에 앉아 있는 내게 이 끈적끈적

한 밤과 낮은 대체 무엇일까.

부론 단강의 노을은 붉을 것이다,

봉숭아 꽃잎처럼.

흥원창에서 바라본 저 물길은 옛날 서울로 가는 길이었다.

그리고 한 시인이 세상을 떠돌다 저 나루 근처 마을에서 새로운 시를 찾았다.

폭염의 낮 동안 그 사내의 시를 따라다녔다.

어지러웠다.

그 시인은 손곡 이달李達이다.

지난 여름.

그래

지난 여름.

지나간… 지나간….

어쩌면 다시 오지 않을, 그럴 것만 같은

그러나 어김없이 다시 오는 지난 여름.

놀고 있다.
이틀 동안.
바다 옆에서.
산골짜기에서.
도서관으로 돌아가기 싫다.

할아버지는 직업이 소장수였다.
아버지의 외양간에는 늘 소가 있었다.
나는 소설 속에서 그 소를 팔아먹었다.
그 인연 묘하다.

삼천리자전거를 타고 놀았다.
바다와 육지의 경계에서.
돌아온 도서관은 하품만 가득하다.
자전거 체인은 벌겋게 녹슬고 있었고.

사과의 탄생.

한동안

저것 때문에 울었다.

지금도

저것 때문에 가끔 소주병에서 돌아나오는 휘파람소리를 듣는다.

볼펜을 든 채 백지를 오래 들여다본다.

사과의 여행.

사과의 사생활.

사과의 고백.

사과의 꿈.

사과의 불.

사과의 노래.

사과의 혁명.

그 아래와 옆 위를, 지난 봄 여름 가을, 무엇이 지나갔을까.

나는 뒷마당 사과나무 옆에서 가끔 담배나 피웠다.

토끼 이야기의 표지 그림이 도착했다.

허공을 날아가는 토끼.

옛날 옛적에 그런 날들이 있었다.

어느 겨울날 산짐승들은 동굴에 모여 쑥과 마늘을 먹고 있었다.

인간이 되기 위해.

토끼도 거기 있었는데 트림을 하면 마늘 냄새가 진동했다.

소설가 이효석의 평창 삼부작.

나귀를 타고 어디로 갈까.

주막에 가서 막걸리나 마셔야지.

취해 나귀를 타고 고갯길을 비틀비틀.

허생원도

동이

조선달도 장거리를 떠났다.

그러나 나는 떠나지 못하고 충주집 주모의 뒷모습이나 흘끔거리네.

얼굴은 자꾸만 붉어지고.

봉평 사흘째.

슬슬 눕고 싶어진다.

바위에 붙어 자라는 돌단풍 때문에 참는다.

동이는 충주집 주모의 치맛자락을 벗어나지 못할 것 같다.

외할머니 산소에서 본 하늘. 강릉에서 따라온 문어를 안주로 취했다. 나는 외할머니를 본 적이 없다. 문어를 우적우적 씹으

며 쓸쓸한 내 글들을 생각했다. 쓸쓸했을 어떤 생애를 한참 올려다보았다.

모두 떠나갔다. 남은 건 그들이 마시다 남긴 싸구려 술밖에 없다. 명절 때 술을 선물하려면 30년 이상으로 하거나 아니면 아예 소주로 하시라. 저 독한 싸구려 양주를 매일 밤 몇 잔씩 마시는 건 곰의 쓸개를 핥는 거나 다를 바 없다.

밤이
길어졌다.
뒷산 자작나무 숲에서
여우가 울고 있다.
그러니….

진고개를 넘어 사천에 도착했다. 바다는 잠깐 보였다가 어둠에 가렸다. 커피 한 잔 마신다. 낮에는 도서관에서 임윤지당의 글을 읽었다. 그녀는 성선설을 지지하는 성리학자다. 월요일엔 그녀를 만나러 원주에 갈 것이다. 선은 어디에 있고 악은 어디에 있는가. '사천의 선인'이 문득 떠오른다. 커피가 식어간다. 돌아갈 땐 대관령을 넘어야겠다. 생각해보니 그동안 혼자서 너무 많은 고개를 넘었다.

엄마도 건넜고
아기도 건넜다.
할아버지 할머니도 건넜다.
백석도 건넜고 나타샤도 건넜다.
여우도 건넜으니 봉평다방 아가씨도 건넜을 것이다.
오늘같이 캄캄한 밤엔 도둑고양이도 건너겠지.
젠장! 싸구려 양주에 취한 김생金生만 섶다리에서 떨어져 허우적거리는군.

적경寂境
— 백석

신살구를 잘도 먹드니 눈오는 아츰
나어린 안해는 첫아들을 낳었다
人家 멀은 山중에

까치는 배나무에서 쫒는다
컴컴한 부엌에서는 늙은 홀아비의 시아부지가 미역국을 끓인다
그 마을의 외따른 집에서도 산국을 끓인다

나어린 며느리를 위해 미역국을 끓이는 시아부지, 완전 멋지다. 근데 서방이라는 작자는 어디로 갔나? 독립운동? 징용? 노다지를 찾아 금광으로? 아니, 아무래도 투전판이거나 색싯집에서 몇날 며칠을 보내고 있을 거 같다. 적막한, 경지다.

정선 가는 길에 만난
아우라지행 열차.
예전에는 저 열차가
아우라지 구절리 지나 멀고 먼 네팔, 인도까지 갔었는데….

반나절을 걸어 도착한 게스트하우스 겸 식당, 그러니까 '마지막 정육점'에 도착했다. 그는 눈이 부실 정도로 시린 담벼락에 기대앉은 내게 다가와 물었다.

"alcohol?"

"… ."

"lady?"

"… ."

"cannabis?"

"… ."

나는 휴대폰의 번역사전을 손가락으로 두드리다가 대답했다.

"all of!"

이제 겨우 '마지막 정육점'의 문이 열린 것이다.

봉평도서관 개관기념 시낭송회 〈그리고 간신히 아무도 그립지 않을 무렵〉의 초대 손님들. 10월 26일 토요일 오후 여섯 시. 장소는 봉평도서관. 모도들 따사로이 가난한 가을저녁이 되어야 할 텐데. 정육점의 피 튀기는 도마로 변하지 않게 하려면 멧돼지경찰관 여덟 마리는 불러야겠지. 토끼, 고라니, 오소리, 꿩, 너구리, 여우…. 다 모셔야겠다.

아궁이의 계절이 돌아왔다. 단풍과 아궁이의 잉걸불은 '마지막 정육점'에서 이십 리 떨어진 곳에 있는데 가끔 술 취한 중이 지나가기도 한다. 그 중은 '마지막 정육점'의 단골손님이다.

대관령의 당근작업, 그리고 어제의 사근진 노을을 떠올린다.
나도 한때 당근 좀 심었는데.
지는 해에 물든 적도 있었는데.
지금은 정육점에서 피에 물든 도마나 씻고 있으니.

아침부터 당귀밭으로 불려나갔다.
정육점이나 당귀밭이나 거기서 거기다.
오후엔 봉평에 가야 하는데
어떻게 토낄까 궁리 중이다.
가을, 먹구름 창창하다.

정육점과 당귀밭을 떠나 시인들과 일박이일을 보냈다. 시인들과 놀면 재미있다. 문제는 몇몇 시인은 통 집으로 돌아갈 생각을 안 한다는 것. 결국 온몸이 바짝 마른 뒤에야 모두 떠나보냈다. 아침에 일어나 목욕탕에 가려고 책 창고를 나왔는데 축구장보다 넓은 저 대파밭 거룩하다. 장엄하다. 나도 정육점으로 돌아가야겠다.

🌳

아침 안개를 뚫고 큰절에서 젊은 중이 '마지막 정육점'으로 찾아왔다. 중은 국밥을 주문했다.

뽀이— 중이 왜 고길 먹습니까?

중— 아직 중 아니거든.

뽀이— 머리 깎고 승복 입었잖아요.

중— 그렇다고 다 중은 아냐.

뽀이— 사기치는 거죠?

중— 중 아니라고! 술이나 한 병 가져와.

뽀이— 큰스님한테 이를 겁니다.

중— 그래, 일러라! 일러!

'마지막 정육점'에선 이틀에 한번꼴로 벌어지는 일이다. 아마 비구와 대처승들 사이에 또 싸움이 벌어졌거나 노승이 시봉에게 잔소리를 했기 때문일 것이다. 안개는 이 모든 풍경을 더러 지우기도 한다. 그게 평화로울 때도 있는 늦가을이다.

🌳

대구에 왔다. 대구의 길은 거의 미로 수준이다. 정육점의 고무구박에 담겨 있는 소의 내장 같다. 어제는 춘천을 다녀왔다. 간밤엔 새벽까지 납득하기 힘든 말을 들으며 술을 마셨다. 졸음을 견디며 중앙고속도로를 달렸는데 과속딱지가 몇 장이나 날아오려나. 돌아갈 땐 바다를 오른쪽에 두어야겠다. 근데 정육점을 떠나 도착한 이곳이 뭐하는 곳인지 모르겠다. 가끔 수녀가 지나가긴 하는데….

Es voto immaculatae conceptioni.

원죄 없이 잉태되신 성모님께 바친 허원에 의하여.

갑자기 이곳에 뚝 떨어졌다는 생각밖에 들지 않았다. 나는 한동안 성모당을 허둥거릴 수밖에 없었다. 어지러웠고 배가 고팠다. 그렇게 성모당에서 도망쳐 바다를 찾았으나 바다는 깊은 어둠에 묻혀 있었다. 내가 본 바다는 고작 내비게이션의 바다였다. 깊은 밤 정육점에 도착했으나 피 묻은 칼을 들 수 없었다. 겨우 술잔이나 들었을 뿐이다.

'마지막정육점'의 선반에 새로 들어온 책들. 춘천의 강원대학교에서 고전정육점을 운영하는 김풍기 선생에게서 얻었다. 강원도 사하촌 조사보고, 강원도 화전정리사, 그리고 금강산, 설악산, 오대산으로 연결되는 스님벨트가 있을지도 모른다는 느낌 때문에 청한『선가귀감』이다. 대처승, 화전민, 푸줏간…. 그 길에 대한 이야기가 올 겨울 나의 양식이다.

1956년 8월 5일 그의 일기는 대략 이렇다.

'오후 세 시에 대처승들이 쳐들어온다. 우리는 개울가에서 솥 걸고 불을 피워 닭 한 마리 잡아 영양보충을 했다. 대처승들은 쳐들어오지 않았는데 내일은 분명 온다는 소문이다. 아, 만약 당신이 방문한다면 같은 방식으로 닭을 대접하겠다.'

그날 절에서 쫓겨난 대처승들은 푸줏간에서 술에 취해 큰절로 올라가지 못했다. 산에서 내려온 강 포수의 험악한 개들이 짖어대고서야 비틀비틀 집으로 돌아갔다. 아버지는 술값을 받지 않았다. 거꾸로 선 나무들의 날이었다.

"아직도 담배 피우세요?"

"… 이걸 대신할 만한 걸 찾지 못했어요."

"담배가 몸에 얼마나 안 좋은데, 냄새도 지독하잖아요."

그녀는 마치 담배 연기를 한 바가지 들이켠 듯 인상을 찡그렸다.

"대체 어떤 놈이 공공장소에서 담배를 피우지 못하게 했을까요?"

"예? 무슨 말씀이세요?"

— 소설 「아흔아홉」에서

옛날
비행기에서 담배 피우던 시절은
얼마나 행복했을까!

옛날 춘천터미널에서 담배를 피우다가 경찰에게 단속된 적이 있다. 터미널이 금연장소가 되고 홍보기간이 끝나자 막 벌금을 물리던 시점이었다. 억울함을 참지 못한 나는 표를 물리고 그 자리에서 다시 담배를 입에 물었다. 불만 붙이지 않은 채. 그날 나는 담배를 피우며 대합실로 들어오는 사람들(모두 열 명)을 경찰에 넘겼다. 누가 담배를 물고 들어오면 곧바로 구석에 서 있는 경찰을 빤히 바라보았다. 경찰과 눈을 마주치는 즉시 나는 담배를 피우는 사람 쪽으로 시선을 돌렸다. 그 사람들도 벌금딱지를 끊은 뒤 화를 참지 못한 채 주변을 두리번거리다가 나를 발견하곤 곧장 경찰을 찾았다. 그러나 내 담배에선 연기가 피어나지 않았다. 결국 경찰들은 터미널을 나가버렸고 나는 그제야 표를 끊고 버스에 탔다. 다 옛날 일이다.

생각해보니…. 그동안 나는 단 한 마리의 토끼도 잡지 못했다. 어린 시절부터 지금까지. 눈 덮인 산을 그렇게 많이 쏘다녔음에도 불구하고. 아직도 산 밑에서 살고 있음에도 불구하고. 놓친 산토끼의 숫자는 놓친 송어의 숫자와 비슷하다. 눈이 내릴 것 같다. 우는 토끼를 찾아 산으로 들어갈 준비를 해야겠다.

다 떠났다. 돌배도 꽃도 배추도. 남은 것은 녹다가 얼어붙은 눈뿐. 먼지 가득한 정육점 창 옆에 앉아 국밥을 먹던 젊은 중이 흘리고 간 편지지의 글귀를 다시 읽었다. '오대산을 흐르는 금강연의 물처럼 나도 떠나간다.' 노스님 시봉 생활 겨우 한 달 하고 도망친 중의 글이다. 정육점 유리창으로 오십여 년의 풍경이 흘러가는 겨울 오후다.

'지금 생각해보면 내가 한 것이 무엇인가. 염라대왕은 코앞에 다가왔는데. 젊어서 주지 병에 걸렸고. 허송세월을 보내지 않았는가 합니다. 세월도 가고 몸뚱이도 가는 것을 보니 처량하기 그지없어요. 마음의 보따리도 못 싸고, 참으로 한스럽고 후회되지요. 자기 공부를 철저히 해야 남에게도 해줄 이야기가 있지, 공부를 안 하면 해줄 이야기도 없는 것입니다. 최근에는 다리 관절이 좋지 않아서 그런지 그런 생각을 더욱 하게 됩니다.'

오래 전(1956년) 국민학교를 졸업하고 오대산으로 들어온 노스님의 이야기를 낮술에 취해 졸면서 듣는다. 정육점 건너편 전깃줄에 앉아 있는 저 눈꼴사나운 새들을 어떻게 하면 쫓아버릴 수 있을까 머리를 굴리며.

지붕의 눈과 처마 끝의 고드름, 고드름 끝의 낙숫물, 그 운명을 생각하는 날이다. 그 변화를. 건너편 눈밭에는 간밤 룸살롱에서 바람을 피우고 산으로 돌아간 멧돼지의 발자국이 또렷하게 찍혀 있다.

삼척 장호항에 왔다. 텔레비전은 여전히 북한 연예특집을 다루고, 한국노총의 파업참여를 억울해한다. 나는 울진까지 내려가지 못하고 바다 옆에서 맛없는 담배만 피우고 있다. 파도가 제법 거세다. 갈 곳을 못 찾겠다. 돌아가야겠다. 마음이 길을 잃으면 몸은 어디로 갈까….

눈 내리는 역사를 지키는
철도노조원 여러분들,
부디 힘내시길!
어린 시절 기차가 없는 마을에서 자란 내게
기차는 꿈이었습니다.

문.
문이다.
어떻게 나갈까.
어떻게 들어갈까.
문.
문이다.
문 위의 꽃이다.

밖은 눈 내리는 겨울인가. 단풍이 한창인가. 머리를 누르는 돌모자는 무겁기도 해라. 모두 사라진 이곳에서 나는 얼마나 오래 저 탑을 바라보고 있었나. 연두와 초록의 계절, 비와 천둥의 계절, 흰 눈의 계절을 번갈아 보내며. 내 몸은 언제 돌로 변했을까, 헤아리는데 손가락 몇 개가 삭아 떨어져나간다. 그런데… 매일 정다방에서 커피를 배달시켜 마시는 놈들은 대체 누구일까. 누구란 말인가. 궁금해서 견딜 수 없다. 뒤돌아보고 싶으나 내 몸은 굳어버린 지 이미 천 년이니.

'여우가 우는 밤 술 마시기'는 서숙희 화가의 그림 제목인데 그림을 배경으로 소설 한 편을 쓰고 싶다는 생각이 들었다. 소설을 마칠 때쯤이면 그림 속에도 함박눈이 내리고 자작나무 숲 어디에선가 여우가 캥! 캥! 울겠지. 서숙희 화가의 저 그림은 지금 인사동 〈갤러리3〉에서 누군가를 기다리고 있다고 하는데 대관령에선 너무 멀다. 나는 여우를 찾아 산에나 가야겠다.

해 뜨는 곳을 찾아갔으나, 늘 그렇듯이, 해는 보지 못하고, 모래를 핥는 파도소리만 듣다가 돌아왔다. 아, 불이 붙은 채 하늘로 날아가는 등을 보았던가. 돌아와 동굴 같은 솜이불 속으로 들어가 오래 잠들었다. 어떤 소설가를 꿈에 만났는데 깨어나니 등이 땀으로 젖어 있었다. 그때까지 해는 보이지 않았다. 창밖엔 눈보라가 날리고.

커피 한 잔 마신 뒤 책 한 권 구입하려고 대관령을 넘어갔다가 돌아왔더니 폭죽 같은 눈발이 쏟아지고 있었다. 오늘밤 처마 밑까지 눈이 쌓였으면 좋겠다. 눈은 내가 맹신하는 종교다.

장례식장에서
자꾸만 전화가 온다.
올 들어 벌써 세 번째다.
'가고
오지
못한다는 말이
그 무슨 뜻인 줄 알았으랴….'
온갖 소리가 붕붕거리는 장례식장의 밤.
나는 밤의 대관령을 넘어갈 준비를 한다.
고갯마루에 올라서면 거짓말처럼 눈이 내릴 것이다.

친구와 대관령 능경봉 산길을 걸었다.
비가 눈으로 변했다.
바람이 서쪽에서 동쪽으로 불었다.

일요일의 도서관을 나와 어떤 사진 한 장을 얻을 수 있을까 기대하며 오대산 진고개를 넘었다. 소금강 입구, 연곡, 사천을 지났다. 나는 무슨 사진을 찾아 나섰을까. 사근진에서 에티오피아 커피를 뽑은 뒤 다시 차를 몰았다. 나는 어떤 사진을 갈망하는 것일까. 강릉 근처에서 시인 이솝에게 전화를 걸었으나 만나지는 않았다. 커피를 마시며 신사임당로를 달렸다. 나는 무엇을 찍고 싶은 걸까. 어두워지는 대관령을 넘었다. 눈은 내리지 않았다. 세상의 모든 음악은 평창 싸릿재에서 주파수를 변경했지만 똑같은 음악이 스피커에서 흘러나왔다. 결국 나는 한 장의 사진도 찍지 못하고 집으로 돌아왔다. 내가 찾고 있는 사진 한 장, 그 풍경이 무엇인지 끝내 떠오르지 않았고 찾을 수 없었다. 대신 일요일에 도착한 시인의 산문집을 물끄러미 들여다보다가 셔터를 눌렀다. 오늘 나는 대체 어떤 풍경을 찾아 두 개의 고개를 넘었던 것일까….

나무들은 눈과 안개, 그리고 바람 속에서 유령처럼 서 있었다.

산에서 내려오니 변함없이 비와 바람의 세상이었다.

갈 곳이 집밖에 없는 어떤 슬픈 인생을 생각했는데 이내 1월의 빗물에 흘러가버렸다.

고래불.

고래불.

고래불.

그런… 고독.

영동 산간에 주말까지 많게는 80센티미터의 눈이 내린다고 한다. 돌모자와 돌우산까지 쓰고 있는데, 이런 젠장, 그 위에 폭설까지! 하지만 누군가 그 눈길을 헤치고 찾아올 거야. 돌우산에 쌓인 폭설을 치워줄 거야. 고갯마루에 눈이 지 종교라고 떠들고 다니는 놈도 있는데 뭐. 술 한 병 들고 찾아올 거야. 그러니, 폭설, 내리소서.

눈 오는 밤과 아침

나는 누구인가.
토끼인가.
개인가.
외등인가.
빈 밭에 덮인 고요인가.
술 취해 잠든 구석방의 코고는 소리인가.

소주 한 병
나눠 마셨다.
백지의 눈 위에 어떤 이야기를 쓸까.
서쪽의 시인은 전화로 탁구를 얘기했고
동쪽의 시인은 강릉의 2월 눈에 대해 말했다.
나는 음주단속 없는 눈의 나라를 생각했다.

'마지막 정육점' 풍경.

예전엔 탑밖에 없던 시절도 있었다.

산림법 위반으로 아홉 번 구치소에 드나들은 정육점 주인의 용맹정진으로 정육점은 제 모습을 갖췄다.

지붕 끝의 고드름은 가끔 거꾸로 자라기도 한다.

그러나 언젠가는 칼끝의 힘을 거두고 산산이 부서지겠지만. 녹아버리겠지만.

날카로운 고드름 같은 정육점 저울의 바늘은 0을 가리키며 바르르 떨고 있다.

홀로 고개를 넘는 건
행일까
불행일까.
여우도 호랑이도 늑대도 사라진 고개를.

눈 덮인 백사장.
체 게바라.
겨울 북대.
비몽사몽의 대관령 옛 길.
지하 99층의 노래방.
담배로 가득 찬 가방.
오전의 죽음 같았던 잠.
밤새 불렀던, 생각나지 않는 노래들.

그 모든 폭설의 고개를, 타이어를 지고 넘어가던 취한 말들.
만세!

둘은 죽었고
한 마리는 살아남았다.
강아지들이 태어나고 세 번의 겨울이 지나가고 있다.
앞으로도
한 사나흘 춥고 또 한 사나흘 따스하겠지.
꽃이 피기 전에
눈도 몇 차례 더 펑펑 내리겠지.
봄이 오는 게 무섭고 두렵다.
얘들아, 이제 그만 쳐다봐라, 자꾸 쳐다보면
나 집 나간다.

잠이 안 온다.
누가 내 잠을 가져갔나.
불면에 어울리는 사진을 찾다가
네팔의 호텔 입구에 걸려 있던 주문을 찾았다.
다시… 길 떠나라는 주문이겠지.

가서, 돌아오지 말라는 진언이겠지.

하루에도 몇 번씩 집필실 건너편 세 기의 봉분을 바라본다.
방에 향을 피우다가 꽃을 피울 수도 있겠다는 생각을 했다.
바위가 터를 잡고 있는 작은 밭 저편엔 내 어머니를 닮은, 등이 굽은 할머니가 일을 하고 있었다.
나는 시간의 흐름에 따라 각기 다른 곳에서 햇볕이 들어오는 책상 앞에 앉아
정육점의 피 묻은 도마와 칼을 씻고 있다.
가끔 졸기도 하면서.

선생은 특유의 저음과 느린 말로 주위의 소란을 잠재운다. 옆에서 선생의 말을 듣다보면 그 느림에 지쳐 나도 모르게 술잔을 비우고 채우게 된다. 그동안 나는 높고 빠른 말에 중독돼 살아온 것일 게다. 하여튼 선생은 소주를, 소주와 맥주를 섞어 마시며 임도와 구름과 비, 뱀, 땡삐, 새벽에 대한 이야기를 들려주셨다. 탄광의 막장과 난장, 민통선 안에서 자라는 벼, 섬에서의 김 양식, 그리고 원통의 저 12사단까지 끌려갔던 외롭고 쓸쓸했던 삶에 대해서. 그것이 바로 노래였는데 술에 취한 나는

휴대폰으로 선생의 노래 〈봉우리〉를 찾아 틀려다가 퉁수바리나 먹었다. 원주 회촌에 눈이 내렸다. 홀로 선생의 노래를 듣는다. 옛날, 금지곡이었던 선생의 노래를 레코드가게에 찾아가 녹음해 들었던 기억도 떠올리며. 그 세월을 건너 여기에 왔고 우연히 선생을 만나 술잔까지 기울이게 되었다.

'마지막 정육점'에
사내아이의 젖꼭지 같은
꽃망울이 피었다.
곧 꽃으로 모습을 바꾸겠지.
짐승의 피 냄새가 잠시 사라지겠지.
꽃이 필 때까지 비린내 가득한 도마를 깔고 앉아 술이나 마실까.
비도 내리는데.

낮엔 까마귀가 울고
밤엔 개구리가 운다.
내가 지난 가을의 낙엽처럼 저수지를 떠다닐 때
돌부처만 홀로 방을 지키며 정육점의 살풍경을 들여다보았다.

고향에 눈이 내렸다는 소식에
잠시 울었던가, 나는.

삼월의 일요일은 새들의 날이다.
일요일은 밥이 나오지 않는 날이다.
일요일은 바람마저 잠든 날이다.
일요일은 전화기마저 잠든 날이다.
일요일은 떠나간 지 오래된 애인이 늦잠을 자는 날이다.
일요일은 저수지의 갈대가 눈부시게 희어지는 날이다.
일요일은 나무의 이름을 까먹는 날이다.
일요일은 소반 위의 돌부처에게 발가락으로 장난을 거는 날이다.

어제는 탁구를 쳤다.
탁구공의 무게에 대해 생각하면
봄날 어떤 마음 같아서 좋다.
간밤엔 김민기 선생님이 달랑 소주 한 병을 들고 귀래관으로 찾아왔다.
우리는 닭디리 하나, 카스타드 세 봉을 안주로 놓고 강원도

저 북쪽 땅인 원통에 대한 이야기를 하다가 헤어졌다.

방으로 들어와 향을 피우고 〈늙은 군인의 노래〉를 들었다.

토지문화관 귀래관 108호에 기거하는 사진작가 김향기, 봄비 추적거리는 오후 땅바닥에 엎드려 무엇인가를 찍고 있었다. 휴게실에서 프로야구 개막전을 보던 중 담배 피우러 나갔다가 그의 모습을 보았다. 사진작가라는 직업 참 힘들겠구나 생각하며. 그가 엎드려 찍은 사진을 선물했다. '달팽이의 눈'이라는 설명과 함께. 그러니까 달팽이의 시선으로 본 물방울이란 얘기였다. 토요일 오후 내 눈은 야구공만 보고 있었는데…. 달팽이의 눈으로 세상을 보면 한 뼘의 세계도 넓고 넓겠지. 비 내리는 이 밤 나도 발가벗고 나가 풀밭을 기어볼까.

꽃의 시절.

술의 시절.

그러나 나는 꽃 피지 않네.

그저 시드네.

비가 눈으로 변했다.

젖은 목련에 눈이 쌓이겠다.

꽃잎이 울겠다.

꽃잎이 하얗게 얼겠다.

꽃잎 속에서 취해 잠든 벌 벌벌 떨겠다.

나타샤와 나.

나타샤는 나의 언어를 모르고

나도 나타샤의 언어를 모른다.

그럼?

떨어져라.

부서져라.

깨어져라.

산산조각나라.

흩날려라.

그리고 피어나라.

세월호가 바다에 가라앉았다.

슬프다.

정말이지 세상 끝에 있는

피가 뚝뚝 떨어지는 푸줏간에 처박혀 있는 것만 같다.

'가지를 잡고 나무에 오르는 일은 대단한 일이 아니다. 벼랑에 매달려 잡은 손마저 놓아버려야 비로소 장부다.'

추적추적 비 내리는 밤, 할 말이 이것밖에 없다.

한 국가의 대통령이라면 이 정도의 용기와 덕을 지녀야 할 것이다.

나무 꼭대기에서 떨어지지 않으려 아등바등하는 건 소인배나 할 짓이다.

시인이 되는 길도, 소설가가 되는 길도 마찬가지일 것이다.

그래.

누구라도 불러서

돌아올 수 있다면, 모두 다 부르겠다.

모두 다.

온갖 어지러운 꿈들이 몰려온다.

비바람이 사람의 비명을 지르며 창문을 흔든다.

새들도, 산짐승들도 유령처럼 밤새 흐느낀다.

악몽의 밤들이 지나가고 다시 다가오고 있다.

그러나 나는 이곳에서 떠날 수 없다.

푸줏간으로 들어간 돼지처럼 갈고리에 매달려 칼날을 기다려야만 한다.

월요일의 책상은 무엇인가?

월요일의 의자는 무엇인가?

월요일의 햇볕은 무엇인가?

월요일의 이 고요는 대체 무엇이란 말인가?

'마지막 정육점'을 모두 썼다.

이제 이곳을 떠나야 할 시간이 되었다.

남은 술을 모두 비우고 대관령으로 돌아가야겠다.

도서관 출입문에 구원파 교주 유병헌의 수배전단이 붙어 있다. 도서관으로 돌아오니 낮술을 못 마신다. 음악도 못 듣는다. 점심 때가 돌아오면 식당을 찾아 면소재지를 한 바퀴 돌아야 한다. 책상에 엎드려 낮잠을 자야 한다. 삐딱하게 앉아 코딱지를 파낼 수도 없다. 몸이 근질거려 미치겠다. 도서관 지하 99층의 창고를 열고 장비를 꺼내야겠다. 나귀 등에 올라 타 창과 방패를 들고 저 두 인간을 잡으러 떠나야겠다.

달려라, 나귀야!

주문진에서 들고 온 멍게.

식구들이 모두 잠든 자정에 몰래 일어나

물을 뿜는 멍게를 날이 무딘 식칼로 자른다.

소주 한 병 꺼내놓고 초장에 멍게를 찍어 먹었다.

창밖에서는 소쩍새 홀딱새 번갈아 울었다, 밤을 새워.

그렇게 사흘 밤의 자정이 지나가자 멍게가 동이 났다.

나도 집에서 쫓겨났다.

어디로 가야 하나, 밤새 울었던 소쩍새 다리를 잡고, 또 어느 마가리로 들어가야 하나.

멍게 한 봉다리 들고.

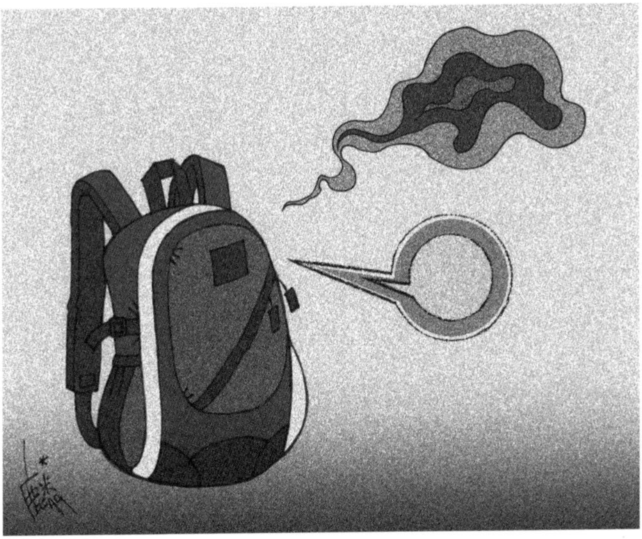

미루나무 한 그루 주변을 여러 번 서성이다가 고향으로 돌아왔다. 고향은 타향처럼 낯설었다. 돌보살과 돌탑을 찾아갔으나 눈에 잘 들어오지 않았다. 꿈은 변함없이 어지럽다. 저쪽의 귀신들이 따라온 모양이다. 새벽 세 시 아직 풀지 않은 가방 속에서 할머니와 여자아이가 두런거리는 소리를 듣고 깨어났다. 빗방울이 똑, 똑, 떨어진다.

멍게의 첫맛은 씁쓸하나 결국 달았다고 고개를 끄떡인다.

들병이 한 명과 여섯 명의 맹꽁이들이 술을 마신다.
맹꽁이들의 눈빛이 슬프다.
응칠이 부부는 눈 덮인 겨울밤 유랑의 길을 떠난다.
빈 산 빈 밭 빈 하늘도 시퍼렇게 얼었다.
그렇다면 저 흐뭇한 동백꽃 속의 풍경은 언제의 꿈인가….

춘천 김유정문학촌에서 이광택의 〈내 사랑 김유정〉전을 보았다. 그의 그림 속으로 들어간다면 나는 저 맹꽁이들 중 누구일까, 집으로 돌아오는 내내 그게 궁금했다.

오대산 적멸보궁에서 본 세상.
뭐야!
서쪽의 장은 탁구를 치고
동쪽의 이는 낮술을 마시네.
나만 땀 삐질삐질 흘리며 산꼭대기까지 올라가 돈 벌고 있잖아!

오래된 라디오 하나 들고
원주로 작업실을 옮겼다.
허공에 붕 뜬 기분이다.
이제 대관령과 원주를 왔다갔다 해야 하는 인생이 되었다.
사는 게 이렇다.

철원
쇠둘레를 돌았다.
덥다.
아련하다.
한탄강의 이 바위는 어떤 갈망으로 갈라졌을까.

자전거를 타고
바다로 갔던 날이 언제였는지….
자전거는 녹이 슬었고
나도 녹이 슬었으니
바다도 녹이 슬었을까.
근데, 지금 내가 있는 여기는 어디일까.

여기가 어디인지 종일 생각했지만 알 수가 없으니.

농민신문 영농수기 심사하려고 서울에 왔다. 역시 나는 농부의 자식인 모양이다. 서대문으로 가는 땅굴 속에서 영농을 생각한다.

서귀포 이중섭의 단칸방이 자꾸만 떠오른다.
깊은 밤 매운 어묵탕에 한라산 한 병 비우고
언덕길을 올라가 이중섭의 방문을 두드리고 싶다.
주먹만 한 멍게를 안주로 술 한 잔 마시자고.
촛불 같은 불빛들 둥둥 떠다니는 캄캄한 바다를 보며
아직 도착하지 못한 아이들 생각에 눈시울 적셔가며
날이 밝아올 때까지 취하고 싶다.

일요일의 횡성체육관.
탁구공을 노려보는 사람들.
여자 김도연 선수, 남자 장석남 선수, 그리고….
흰 탁구공을 가득 채운 가죽자루 같은 몸을 끌고 작업실로 돌아간다.

내일의 행선지는 탁구공 세 개가 가지에 매달려 있는 것 같은 영월이다.

멍게를 안주로 소주 한 잔 마시자던 놈은 찾아오지 않는다. 아, 밥 먹을 시간은 왜 이렇게 빨리 돌아오는가. 멍게 어쩌구저쩌구 지껄인 놈이 찾아오면 이 쪽방을 물려주고 나는 뭍으로 가야겠다.

이중섭 선생님.
멍게가 아니라 녹두빈대떡입니다.
원주도 섬입니다.
혼자 마시는 술은 간장처럼 검습니다.

'장씨 노인이 술은 먹었는데 이씨 노인이 취했느니라.'
그 까닭을 들여다보려고
소주 한 병, 비 두 병 마시고
지난 봄의 목련에 매달려 밤을 건넌다.

손해가 막심하다!

옛날 어느 왕은 노인이 동쪽으로 갔다고 아쉬워하며 동로란 이름을 하사했다. 그 노인이 간 곳을 찾아갔다. 그곳엔 아무것도 없어서 툴툴거리며 털게해장국에 소주 한 병 마시고 돌아왔는데…. 간밤엔 그 노인이 내 꿈속으로 찾아와 한마디 건네고 떠나갔다. 너도 아무것도 없네, 뭐.

단란주점에 온 지 사흘이 지났다. 미모의 여주인은 여전히 나를 무시한다. 그녀는 잠시 얼굴만 보여주고 사라진다. 밭을 팔아서라도 양주를 주문해야겠다. 그래야 그녀가 내 앞에 오래 앉아 있을 것이다. 간밤엔 술에 취해 화장실에 가다가 어느 룸을 엿보았는데 그곳엔 멧돼지들이 모여 양주를 마시고 있었다. 그녀와 함께. 하여튼 웃기는 세상이다. 그나저나 밭문서를 어디에 숨겨두었더라.

남쪽 바다의 어느 섬에 사는 소설가에게 물었다. 수평선의 저 해는 노을인지 일출인지. 종이컵에 담긴 소주는 달디단지

쓰디쓴지. 낚싯대는 누굴 기다리고 있는지 몹시 궁금하다고. 보름달이 뜬 밤 답신이 왔다.

'노을이고, 달고, 장어다.'

간밤 휴대폰 속으로 들어온 달은 먼 우주를 달려온 비행선 같았다.

산골짜기로 들어가 삼 농사나 지어야겠다.

떼부자 되는 건 따놓은 당상이다.

담배 이름도 정했다.

도연초.

돈을 잘 관리하려면 경리아가씨도 뽑아야 될 텐데….

고향집에 갔더니 한동안 사라졌던 토종벌이 다시 찾아왔다. 몰래 꿀을 훔치려 했는데 아버지는 집을 비우지 않았고 벌에게 손등만 쏘였다. 묶어놓았던 누렁이를 풀어줬더니 온 사방을 돌아다니며 영역표시를 해놓고 돌아와 핵핵거렸다. 나는… 어느 시인의 시처럼 바람도 없는데 떠도는 낙엽처럼 원주로 차를 몰았다. 손등이 가렵고 오줌이 마려웠지만 내내 참았다.

김수영의 산문을 읽는 밤이다. 60년대나 지금이나 거기서 거기인 것 같아 신기할 정도다.

이재삼 화가의 그림을 들여다본다. 저 벽돌 하나하나에 목탄의 달빛을 입힌 그의 까매진 손가락을 생각한다.

어찌어찌하다 나는 여기까지 왔다. 미안하다. 조금이라도 나를 알았던 그대들에게 사과의 말을 전한다.

러시아의 어떤 술고래는 화주를 잔뜩 마신 뒤 담배를 물고 성냥을 그었다. 불은 입술에 묻은 화주에 옮겨 붙었고 급기야 뱃속에 고인 술에까지 번져 폭발을 했다고 한다. 물론 죽었다. 그 술고래의 아내를 생각하는 늦은 구월의 밤이다.

3. 아주 작고 가벼운 탁구공 같은 꿈들

시를 쓰는 건영과 나는 제주도에서 만나
소주도 없이 멍게를 먹었네.
바닷가 돌 위에 앉아서.
우리는 하 허 호 넘버가 붙은 차들을 쫓아가며 얘기를 나눴지.
뭐 심도 깊은 얘기였는지 아닌지는 기억나지 않지만.
그 길의 끝에서 우리는 몸국을 마지막으로 먹고 헤어졌지.
그리고….
한 척의 배가 가라앉았지.
아주 깊은 바다 아래로.

아침도 굶은 채 대관령까지 달려가 피를 뽑았다. 버스병원에서 키와 허리둘레를 재고 몸무게를 달았다. 간호사들과 의사는 흰 옷만 걸쳤지 모두 늙은 마귀처럼 보였다. 시력을 측정하니 양쪽 모두 무려 2.0이 나왔다. 노안이 눈두덩에 매달려 있는데도 불구하고. 위장약 같은 걸 한 컵 마시고 움직이는 침대 위에 올라가 좌로 우로 흔들리는 시련을 당한 뒤 물 한 병, 초코파이 두 봉을 받아들고 버스병원에서 내렸다. 개중 젊은 간호사가 잘 가라고 손을 흔들었다. 잘 가라고? 어디로?

어디인지 모르지만 차를 끌고 단풍이 산을 내려오는 길을 돌고 돌았다. 멀리 있는 것은 또렷한데 가까이 있는 것은 아침의 안개 속처럼 흐릿한 세상을 건너가고 있다. 나는 치유 불가능한 이상한 맹인이 되어 있었다.

월정사의 눈.
원주 태장동의 노을.
그 사이 노린내, 피비린내 가득한 정육점에 엎드려 있다.
밤의 라디오에서 흘러나오는
눈송이 같은
노을 같은
어둠, 그리고 갈고리에 걸린 고깃덩이들.

이 방은 어떤 방일까?
세상의 방을
노린재처럼 떠돈다.
건드리면 폭발하는 무당벌레처럼

어느 해 가을 잣나무 밭 아래를 그녀와 걷다가 내가 전에 나

가랑비와

안개와

어둠.

고독의 다른 이름은 무엇일까.

무에 올라가 잣을 땄던 얘길 들려줬다. 그녀는 대뜸 내게 잣을 따달라고 요구했다. 괜히 얘기했다고 후회하며 잣나무 꼭대기를 바라보는데 거기 청설모 한 마리가 잣을 따고 있는 게 아닌가. 나무 아래서 담배를 피우며 회심의 미소를 지었는데 이윽고 청설모가 딴 잣송이가 뚝뚝 떨어졌다. 나는 잣송이들을 주워 자랑스럽게 그녀에게 갖다 주었다. 그런데 나무 위에서,

ㅡ 켁, 깍, 켁, 까까까!

청설모가 소리를 내질렀다. 왜 내가 딴 잣을 가져가느냐는 소리임이 분명했다. 청설모는 다른 나무로 이동했다. 그녀는 재미있다며 이것으론 부족하니 더 따달라고 주문을 했다. 할 수 없이 나는 청설모를 따라 이동하며 녀석이 따서 떨어뜨린 잣송이들을 비닐봉투에 차곡차곡 담았다. 그 잣은 청설모의 겨울양식임이 틀림없기에 미안했지만 어쩔 수 없었다. 잣을 구해주지 않으면 그녀가 떠나버릴 것 같았으니까. 그러던 중 이 나무 저 나무로 옮겨 다니던 청설모가 약이 오를 대로 올라 마침내 나뭇가지 위에서 입을 열어 잣 알갱이가 아닌 사람의 말을 우박처럼 쏟아내기 시작했다.

ㅡ 야 이 개새끼야! 니만 여자가 도망가냐! 나도 이거 안 따가면 우리 마누라 집나간다고!

고속도로를 포기하고 택한 길.
정선, 영월, 제천, 원주.
동강의 물은 어디까지 흘러갔을까.
등이 시리다.

콩은 어디로 갔을까.
미루나무 우듬지의 한 줌 햇볕은.
푸줏간의 돼지들은.
술에서 깨어난 아침엔 이상한 질문들이 몰려온다.
배가 고프다.

도서관이 문을 닫은 월요일에 스키장을 기웃거렸다. 나도 한때 나무스키를 타고 비탈밭을 달린 적이 있다. 눈과 접촉하는 스키의 소리는 감미롭다. 갓 내린 눈 위를 달리면 솜처럼 푹신푹신하다. 구름 위를 달리는 것처럼. 물론 저 눈은 사람이 만든 눈이다. 곧 폭설의 밤이 오겠지.

1992년 대학 졸업을 앞둔 겨울, 신춘문예에 당연히 떨어지고 돈도 떨어져 친구에게 만 원을 빌려 고향집에 돈 가지러 갔는데 집도 파산…. 다음날 엄마에게 만 원인가 이만 원을 받아 춘천으로 돌아가려는데 따라오는 검둥개. 눈을 뭉쳐 던질 때만 멈추고 다시 따라오던 그 개. 자취방의 물이 얼던 춘천의 그 겨울. 똥 파이프를 찍어내던 춘천주물에서 눈을 처음 보는 외국인과 일했던 그 겨울. 그 겨울이 생각난다. 이렇게 살이 피둥피둥 찐 또 다른 겨울 앞에서.

다 지나간 눈이다.

다 지나간 개들이다.

다 지나간 꿈이다.

다 지나간 고립이다.

더 이상 갈 곳이 없다.

옛날의 눈.

옛날의 무덤.

지금이 없다.

나중에 눈이 내릴까.

나중에 누가 내 무덤에 덮인 눈을 찍어줄까.

나중은 모르겠고, 지금은 그저 손가락으로 자판이나 두드리며 원주의 밤을 건너가고 있다.

장을 보고
적립카드를 만들고
밥을 하고
설거지를 하고
쓰레기를 버리러 갔다가 낯선 주부와 눈인사를 나누고
담배 한 대 피우고 돌아와
식은 커피를 마시고
깊은 밤 이상한 소리가 흘러나오는 냉장고에 붙여놓은 사진들을 다시 배치하고
책을 펼치려 하였으나
아이고 허리야!
그만 드러눕고 말았다
이 얼마나 숭고한 저녁이란 말인가
아이고 허리야….

기다린다는 것.

기다리는 일.

나는 기다리면서 살았다.

모든 것을 기다렸다. 기다렸었다. 기다릴 것일 게 분명하다.

그런데… 기다리지 말아야 한다.

기다리느라 그냥 지금을 놀지 못했다.

사실 나는 결코 오지 않을 것들만 줄곧 기다렸다.

올지도 모른다는 생각에.

쌔빠지게 기다린다는 말보다 잔인한 게 어디 있는가.

그동안 기다렸던 것들의 목록을 보니 한심하다.

쓰레기가 쌓이길 기다리는 빗자루 같은 날들이었다.

경포대에서 이틀을 놀았다.

옛날에도 경포대에서 이틀을 논 사람들이 있었을 게다.

그 동안에

섬이 육지가 되기도 하고

바다가 호수가 되기도 하고

경포대가 다른 봉우리로 자리를 옮기기도 했다.

나도 사진을 찍느라 사진 바깥에서 놀았다.

그저 놀았다.

천하의 소설쓰기를 멈추고

세상의 담뱃가게를 기웃거리고 있으니.

담배의 맛이 하루가 다르게 오묘해지고 있다.

담배를 피우면 마치 종달새가 되어 하늘로 날아가는 것 같다.

새해에는 더 열심히 글을 써서 맛있는 담배를 많이 사서 피워야겠다.

하지만 글이란 게 망할 수도 있으니 만약을 대비해 담배농사도 지을 생각이다.

세상이 왜 이렇게 조잔하게 변했는지 모르겠다. 한때는 글을 써서 세상을 유람하는 게 꿈이었는데.

물었다.

대답하지 않았다.

무엇을 물었는지 기억나지 않는다.

고름과 피가 말라붙은 오래된 적삼을 걸치고 돌아왔다.

돌아와 등을 돌린 채 앉아 있다.

다시, 물었다.

정암사 건너편 삼탄아트마인에 갔었다. 옛날 광물의 골짜기에서 살던 사람들을 보았다. 폐광. 말하는 토끼를 쫓아 토끼굴 속으로 들어간 엘리스처럼 나도 조만간 저 폐광 속으로 들어갈 예정이다. 술 한 병 들고. 엘리스가 좋아할까 모르겠다.

눈이 쌓이면 아버지는 산에 가 나무를 해서 손발구로 집까지 실어 날랐다. 지금은 힘이 부쳐 조금밖에 못 싣지만 예전엔 어마어마했다. 아버지는 끌고 나와 누나는 발구 위에 타고 비탈진 골짜기를 내려오다 발구가 개울로 뒤집힌 적도 있다. 우리는 키를 넘는 폭설 속에서 눈사람처럼 까르르 웃었다. 다시 보니 저 손발구 마치 장난감 같다. 그동안 많은 겨울이 지나갔다는 얘기겠지. 그런데… 더 이상 그런 겨울은 오지 않을 것 같다. 더 이상….

어두워질 무렵 차를 끌고 달렸는데 충주호였다. 물이 별로 없는 호수를 바라보며 담배 한 대 피웠다. 길 옆 카페에 들어가 등심돈가스를 먹고 돌아왔다. 또 한참 어두워진 어느 밤은 차를 끌고 달렸는데 춘천이었다. 커피 한 잔을 앞에 놓고 자정까지 머물다가 돌아왔다. 고속도로는 안개로 자옥했다. 간밤엔 도서관을 나와 원주의 외곽도로를 돌고 돌았다. 치악산의 뱀과 꿩, 멧돼지들이 잠을 설쳤을 것이다. 이러다가 아마 저 남쪽 바다까지 갔다가 돌아올지 모르겠다. 어두워지면, 밤이 깊어가면, 세상의 밤길을 질주하는, 유령을 보고 달리는 프롱혼으로 변하는 것 같다.

다시 어두워지고 있다.

네팔에 가고 싶다.

가서 핏물이 뚝뚝 떨어지는 육고기나 팔면서 살고 싶다.

정오가 되어서야 잠에서 깨어났다.

고향집 뒷마당에 눈이 내린 모양이다.

이곳이 어딘지 모르겠다.

타관 객지를 떠돌다 잠들며

고향의 눈 소식을 예감하는 걸 보니

슬슬 미쳐가는 모양이다.

800년 전의 여자가 보내온 연애편지.

그러나 이 죽어버린 문자를 해석할 길이 없으니.

모든 사랑의 뒷모습이 이러하니

토요일 아침부터 술잔을 만지작거린다.

고향에 내렸다는 눈도 파피루스의 야자나무 껍질처럼 조금씩 바스러질 것이다.

들끓는 내 마음도.

담배 한 보루 사려고

제주에 왔다.

날씨 드럽다.

승용아

서귀포 이중섭거리 메이비카페다.

휴대폰이 똥통에 빠졌다.

빨리 와서 나를 구해줘!

길을 잃고 한라산 중턱을 헤매었다.

너무 오래 머물렀다.

돌아가는 비행기는 없고.

저 빛의 물방울과 거울 속에서 나와 고향으로 돌아가면 폭설이 가득하겠지.

— 서귀포 본태박물관에서

대학시절 춘천의 헌책방에서 모디아노의 『어두운 상점들의 거리』를 구입했다. 그 이후 『더 먼 곳에서 돌아오는 여자』를 읽었다. 나와 맞는 부분이 많았다. 최근 근 한 달 동안 모디아노의 소설들을 읽고 있다. 『청춘 시절』 『잃어버린 젊음의 카페에서』 『지평』 『추억을 완성하기 위하여』 『팔월의 일요일들』이 그것이다. 엉겁결에 불문학과를 다닌 전력 때문이다. 한 인간은 그의 생에서 무엇을 남기는가. 그 모든 것들이 희미해지다가, 희미해지다가… 흔적도 없이… 사라지겠지.

조카 결혼식에 부조금을 얼마나 해야 할지 고민에 잠긴 말[馬]. 다른 직업 없이 소설만 쓰는 말로 살면서 가장 난처한 일

중 하나는 이쪽 사정을 잘 모르는 가족들에게 소설 쓰는 말의 상황을 설명하는 일일 것이다. 특히 경제상황에 대해(물론 나는 입을 닫는다). 그것은 자존심과 묘하게 연결돼 있기에 가끔 명절이나 부모님의 생일 같은 날, 말은 결국 참지 못하고 술에 취해 천지사방 날뛰기도 한다. 소설 쓰는 말의 아픈 운명이다.

저 부처님이 내 소설책을 엉덩이로 지그시 누르고 있으니 꿈자리가 사납고 사납다.

다시 거돈사지에 왔다.
바람은 어디서 왔고
어디로 가는지 모르겠다.
저 기우는 햇살도.
이곳에 살았던 사람들도.
다시 세간으로 돌아가 잔뜩 취하면 알 수 있으려나.

고향집에 갔다오면 슬프다.
십 분도 머무르지 못하고 돌아왔다.

작업실에 앉아 쿠바의 럼주로 만든 모히또를 마신다.
하바나의 파도와 대관령의 눈보라는
너무 멀리 있다. 그게 나의 감옥이다.

제주도로 신혼여행을 갔던 조카가 공항면세점에서 담배를 사왔다. 장하다!

어느 바닷가에
돌로 쌓은 애기무덤들이 있었고
노란 수선화가….

이번
봄의
목련은 슬프다.
목련의 배경을 생각하는 밤이다.
목련…이라 중얼거리고 쓰러져 잠든다.
흰 하늘 푸른 밤 검은 바다를 떠도는 꿈을 꿀 것이다.

고려대 안암병원에서 우리들 청춘의 선생님을 뵙고 광장시장에서 멍게와 문어를 먹었다. 웃고 있었으나 우리들의 청춘도 서서히 저물고 있었다.

그러나, 나는 집으로 돌아가지 못했다.
내 발목을 잡고 있는, 정체 모를 그 무엇.
춘천의 찜질방에서 잠들었고, 깨어나
춘천의 길을 걸었다, 아주 오래.
그 길에서 세 여인을 훔쳐보았다.
결국 홀로 낮술을 마시고 원주로 돌아왔다.
돌아와 막걸리 한 병을 마셨다.

그녀의
목련 치마.
나는 저만치 밖에서 술잔을 기울이고.

토지문화관 귀래관의 모 시인. 시는 안 쓰고 속옷바람에 바

목련 등이 그 캄캄한 길을 밝혀줄 거야.

둑만.

토깽이가 돼지로 변해가고 있다.

태어난 지 얼마 안 된 새끼들은 잠만 자고.

나는 무엇으로 변해가고 있는지….

담배가 떨어져 가는데 또 누구를 결혼시켜 제주도로 신혼여행을 보내야 하는가. 하루 다섯 개비로 연명을 하고 있으니. 저 엘피판에 새겨져 있는 노래 한 곡 한 곡이 한 개비의 담배라면 좋겠다.

가렵고 가려운 봄날이었다.

그런데 도대체 어디가 가려운 봄날인가.

술잔을 비우고 멸치를 씹으며 오늘 하루 내 입에서 쏟아져 나온 거짓말을 생각하는 밤이다.

가렵고 가렵다.

울지 말아요,

네팔.

짧았던 인연들, 모두 잘 있는지.

새벽의 멸치는 짜다.

술은 맹물 같고

마늘은 달달하다.

그럼 새벽의 나는?

자정의

복사꽃.

동사도 서독도

모두 술에 취해 잠든 밤.

그러니까… 취생몽사의 밤.

토끼, 개, 닭.

모두 평안한 오월이었다.

복사꽃, 사과꽃, 돌배꽃도.

그런 오월의 풍경 속에서 하룻밤 취하고 돌아왔다.

눈발처럼 정처 없이 흩날리는 꽃가루는 나의 어떤 마음인 듯 하고.

여름 같은 서울 거리를 걷고 또 걸었다. 간혹 눈을 사로잡는 모던걸들을 훔쳐보다가 결국 술잔에 빠졌다. 자정 넘은 시간 심야버스를 타고 원주에 도착했다. 『방드르디, 태평양의 끝』『상상력을 자극하는 시간』『환상여행』『방드르디, 야생의 삶』『외면일기』『짧은 글 긴 침묵』『푸른 독서노트』『뒷모습』. 그리고 최근 관심을 끄는 『조선시대 양잠업 연구』. 미셸 투르니에와 누에는 어떻게 연결돼 있을까.

마지막 담배.

진공관 라디오에서 흘러나오는 노래.

〈커피 앤 시가레트〉

오늘부터 담뱃값 버는 데 내 인생을 올인하겠다.

오래간만에 엄숙한 아침이다.

자, 담뱃값 벌러 나가자.

춘천과 봉평, 그리고 원주를 쏘다녔다.

봉평에서는 술 한 병을 받았고

춘천에서는 그림 한 점을 받기로 했다.

횡재했다고 보면 된다.

돌아온 원주의 도서관, 다시 누에가 되어 뽕잎 같은 책장을 갉아먹는다.

온 세상이 뽕밭으로 보이는 오월이다.

뽕을 땄다.

앞으로 뽕잎만 먹으며 살아야지.

누에처럼.

어린 시절의 어느 날들은 누에만도 못한 사람이라고 투덜거렸다.

누에들은 방에서 자고 식구들은 부엌에서 가마니를 깔고 자야만 했으니.

뽕의 시절이 저만치 가버렸는데 사람은 누에보다 나아졌는가.

자작나무 숲에 왔다.

취하는구나.
저 무수한 흰 뱀들.

약사여래철불을 만났다.
약을 얻고 싶었다.
오월의 햇볕엔 살의가 가득하여
철사로 입술을 바느질해야만 건너갈 수 있다.
뜨거운 철불을 업고 이고 나는 어디로 가고 있는가.

늦잠에서 깨어나는 방법도 여러 가지구나.
달의 시간과 태양의 시간을 한 백여 년 터벅터벅 걸어온 가여운 말의
발굽을 어루만지는 아침이다.
눈곱을 뜯으며.

오랜만에 진부도서관에 왔다.
이곳에서 십오 년을 지냈는데….
여기서 구박을 받으며 소설을 꽤나 끄적였는데.

다시 오고 싶으나 쉽게 움직일 수 없는 거 또한 인생사인 모양이다.

그나저나 이 도서관은 이 땅의 거의 모든 문예지가 피곤한 발목을 주무르며 손님을 기다리는 곳이기도 하다.

그래서 나는 여기가 좋고 늘 그립다.

누에 한 마리
한 천 년
돌을 갉고 갉아서
이들을 만들고
어느 날 고치 속으로 사라졌네.
아, 번데기 같은 아라한들.

— 영월 창령사지에서 발굴된 500 나한들을 보고

이 길은 어디로 가는 길입니까.
온 가족이 휠체어를 밀고
허리가 구부러진 엄마와 그 딸이 다슬기를 줍고
지팡이를 짚은 아버지와 딸이 계단을 오르는
이 길은 어디로 가는 길입니까.

그 길 끝에 무엇이 있습니까.

낙타 한 마리 방으로 들어왔다.
이 낙타는 어느 사막을 걷다가
나의 사막으로 찾아왔을까.
당분간 낙타의 젖으로 끼니를 해결하겠지.
꿈속까지 따라와 뜨거운 모래 냄새를 피우겠지.

— 양구 박수근미술관 옆에 사는 정현우 형의 그림을 보고

폴 발레리가 쓴 글을 읽었다. '도둑은 배우다. 그는 마치 훔친 물건이 자신의 것인 양 행동한다.' 물론 배우가 도둑이라는 얘기는 아닐 게다. 도둑이 누구냐는 것 또한 그때그때마다 바뀔 것이다. 도둑이 배우의 자리로 옮겨갔다는 게 문제다. 아무래도 도둑보다는 배우가 더 멋진 자리일 테니까. 더군다나 그가 쏟아지는 온갖 조명을 모두 받는 배우라면. 나 역시 소설가로서 저 배우의 자리를 늘 염원했었다. 그런데… 그 욕망을 애면글면 끓이는 동안 나도 모르게 잊거나 잃어버린 게 있다. 맨 처음에 왜 소설가가 되려 했는지(왜 도둑이 되려 했는지), 바로 그것이었다. 최근의 일들을 보며 마음이 불편하고 아팠던 것도

바로 그 점 때문이었다. 내가 혹시라도 가장 소중한 것을(거창하게 말하면 소설가로서의 각오를) 잃어버리고 있는 것은 아닐까 하는 두려움, 바로 그것이었다.

🍃

돈 들여 탁구를 배우고 있다. 그저께는 홀로 기계와 탁구를 쳤다. 어제도 홀로 기계와 놀았다. 오늘도 홀로 땀 흘리며 기계를 노려보았다. 이런 걸 탁구 전문용어로 개 무시당하는 거라고 한다. 그래도 돈을 들였으니 앞으로도 꾸준히 기계와 탁구를 칠 게 틀림없다. 그 기계와 탁구를 치면서 이런 생각이 들었다.

화법이 바뀌는구나.

그 동안의 내 화법이 졸렬하였구나.

변해가는구나, 사랑의 화법이.

🍃

큰일이다.

고향집

병아리들마저

탁구공으로 보인다.

조만간 라켓 들고 고향집으로 달려갈 것만 같다.

그러니 탁구나 시나 소설이나….

하루
탁구공을 놓으니
모래 위의 여인들이 보인다.
어쩌나.

세상에….
탁구라는 걸 치려고 서울 가는 열차를 기다리다니.
세상이 변한 모양이다.

가끔 대관령으로 달려가 내가 십오 년을 앉아 있었던, 침 흘리며 잠들기도 했던 도서관을 들여다본다. 그리고 고향집 사과나무의 사과를 헤아린다. 언제쯤이면 탁구공이 저 사과만큼 크게 보이려나. 도서관의 책상 위에서 수시로 달아나던 생각처럼. 추석 무렵이면 몰려드는 갈매기들의 부리에 자취를 감추는 사과처럼. 지난 두 달 동안 오른쪽 왼쪽으로 날아간 탁구공들의 비웃음을 떠올리면 아직도 치가 떨린다.

어미 닭과 병아리는 여름을 달리고
둔내에서 본 그림 속에선
버스와 자가용이 폭설을 달렸다.
늘 변함없는 건 나무 두 그루였고.
무더위를 피해 달려온 고향의 도서관은 졸음이 가득하다.

별은 빛나고
꿈은 아름답지만
때론 이 모든 게 가깝게 보이기도 하지만
머네. 먼 곳에 있네. 잡을 수 없네. 그러다 시드네.
내 곁을 지나간 수백 개의 탁구공처럼….

병아리가 말했다.

너 자꾸 카메라 들고 쫓아다니지 마라. 폼 잡는 게 얼마나 힘든 줄 알아?

그 말을 들은 단호박과 사과가 뭐라고 했는데 기억나지 않는다.

여름 끝자락의 꿈은 늘 이렇다.

세월이 가네.

먼 기억과 가까운 기억들.

여름이 가면

또 어느 곳을 기웃거릴까.

옛 삼척탄좌 사무실에 진열된 『노동해방문학』, 올레길의 염소들, 들어가고 싶었으나 늘 취해 있던 주인아저씨를 보고 발길을 돌렸던 중섭식당, 천안의 벚꽃, 변산반도에 모였던 친구들, 오대산 진고개의 운무, 어릴 적 우리 집 안방을 떠올리게 만든 그림 한 점, 자그마한 섬 같았던 치악산 정상, 강릉 안반데기의 배추밭 경전, 병아리 두 마리, 그리고 안흥찐빵…. 장돌뱅이처럼 돌고 도는구나, 나는.

한동안 밀쳐두었던 누에들이 일제히 고개를 들고 두리번거린다. 고치를 지을 섶을 마련해야 한다. 탁구공은 잡힐 듯 잡히지 않고.

고향집 창밖 빨간 사과를 타고 소 그림 구경 다시 가고 싶은데 달걀보다 작은 탁구공이 발목을 잡네. 나도 한 시절 술에 취해 툴툴거리며 소로 밭을 갈았는데. 날이 저물면 소는 집만 바라보며 버텼고 나는 소의 엉덩이만 바라보며 한숨을 쉬었지.

대화에 있는 누에공장의 높은 굴뚝.
정확히 말하자면 고치 속에 들어 있는 누에를 죽이기 위해
고치를 삶던 공장의 굴뚝.
그렇게 탄생한 비단은 어느 하늘을 날아가고 있을까.

사과만도 못하다
나는.

대관령 산길을 걷다가
만난 꽃들.
꽃들은 어여뻤으나, 나는 속절없이
쓸쓸하였다.
내려오는 길 안개 속에서 까마귀 두 마리가 줄곧 따라왔다.

춘천에 가서 점을 보았다.
보살님은 날건달이 들어오는 줄 알았단다.
나는 물었다.

탁구를 계속 쳐야하는지 말아야 하는지를.

안개 속으로
날아간 새에 대해
날아올 새에 대해
나는 아는 바가 없다.
그게 지금까지의 내 가을이었다.
까옥….
새를 쫓아다녔던 잎들이 물든다.
입은 검게 타버렸고.

감을 보려고 떠난 게 아닌데 감을 보고 돌아왔다.
감을 잡으려고 고개를 넘은 게 아닌데
감을 쥐고 돌아왔다.
감을 따려고 서성인 게 아닌데 감을 따서 돌아왔다.
지금은 깜깜한 밤이고.

개기는 것.

이쁜 단풍 다 질 때까지.
그게
팔자라면….
그러니까 연어가 먼 길을 돌아올 때까지
개기는 것.

달걀 훔치러 고향집에 갔는데
콩타작에 걸려들었다.
어쩔 수 없이 어두워질 때까지 도리깨를 휘둘러야만 했으니.
손바닥엔 물집이 잡히고 허리는 욱신거리고
달걀 한 판 차에 싣고 원주로 돌아오면서
콩의 역사를 생각하니 이내 졸음이 쏟아졌다.
앞으론 미리 염탐을 한 뒤 달걀을 훔치러 가야겠다.

그는 나의 스승이다.
교정의 은행잎이 물든 일요일
그의 연구실에 갔다.
책 한 보따리를 골랐다.
그는 이제 이 연구실을 떠날 것이다.

나는 그동안 그와 많은 술을 마셨다.

많은 이야기를 나눴다.

그는 오래 전에 나를, 내 치기를 믿어준 사람이다.

나는 그게 고마웠다, 줄곧.

시월의 마지막 일정은

석탑 주변을 서성이는 것이었다.

아무 말 없이….

그렇게 서성거리다 탑에서 등을 돌렸을 때 문득 한 생각이 떠올랐다.

한 인생에서 연애의 비용은 모두 얼마나 될까.

돌돌!

언젠가 『얼굴 없는 희망』의 선생님은 내게 이런 글을 주었다. 춘천에서 그를 만나고 돌아왔다.

"그가 문학에 기대했던 것도 이 허공이었을 터인데, 그가 붙잡을 수 있는 것이 실제로 그것밖에 없었다. 그는 사실에서 한 걸음 비껴 서 있으려 했다고 말할 법하나 실제로는 사실이 먼

저 그를 비껴갔다. 그가 자기의 것으로 인정할 만한 삶은 이 시대의 중심에도 없었고 변두리에도 없었다. 그가 늘 접촉했던 것은 변두리의 사람들이었지만, 그가 몰두하고 있는 작업을 이해하는 데에 가장 인색했던 것도 그 사람들이다. 이는 그 자신이 그들 사이에 있지 않았다는 것을 증명하기 위해서만 그 작업을 했으니 그들의 잘못이 아니다. 그런데 운명이란 묘하다. 사람들을 모아놓고 물건을 나눠주는 자리에서 자기에게 배당된 것이 마음에 들지 않는다고 내내 거부하는 사람은 결국 최악의 것을 제 몫으로 떠맡게 된다. 그는 자신이 피해 달아나던 허공의 현실이 결국 가장 잔인한 현실인 것을 느끼기 시작하면서 소설가가 되었다."

이제하 선생님을 만났다. 함께 탁구를 쳤다. 대학시절 그의 소설 『나그네는 길에서도 쉬지 않는다』를 읽고 어떤 흥분에 오래 사로잡혔었다. 결국 나는 「나그네는 우산이 없다」를 써서 대학신문사 문학상에 응모를 했고 그 겨울 학사경고 3회로 학교에서 제적당했다. 졸업정원제 시절이었다. 대관령에 꽤 많은 눈이 내렸던 우울한 겨울이었다. 소설도 당연히 떨어졌다. 심사를 맡은 전상국 선생님의 한 줄의 언급이 고작이었다. 그리고 30년의 세월이 흘렀다. 비로소 나는 이제하 선생님을 처음 만났다. 더불어 나를 제적과 재입학까지도 모자라 졸업까지 시켜준 불문학과가 태어난 지 30주년이 되었다. 세월은 여러 일들을 한자리에 모으기도 하는 모양이다.

옥수수처럼 딱딱해져야겠다.

지난 계절은 너무 물렁물렁한 삶이었다.

다시 봄이 올 때까지 딱딱하게 매달려 있어야겠다.

어느 겨울날 졸지에 튀밥이 되어 허공으로 치솟는다 하더라도.

여길 언제 가나.

요즘 춘천에서 뜨는 점집이라는데.

이러다

'세상의 모든 점집'이란 책을 써도 되겠네.

그러니까 운명의 어떤 무늬가 도저하게 궁금한 거겠지.

돌아오는 발걸음이 내내 쓸쓸하여도.

오늘

밤 강원 산간에
눈이 내린다고 한다.
젠장, 저녁에 대관령에서 돌아왔는데.
전속 점쟁이를 바꿔야겠다.
첫눈 오는 것도 못 맞추는 점쟁이
갈아치우든가 해야지.

결국 눈을 보려 빗속을 달렸고 태기산 자락에서 눈발을 만났다. 장평, 진부를 지나 싸리재를 넘어 용산으로 들어갔다가 옛길을 이용해 대관령에 도착했다. 눈은 그곳에 있었다. 그곳에, 나무 한 그루 서 있었다. 온 겨울 묵언에 든 그녀처럼.

로버트 카파의 평전을 읽었다.
그가 찍은 많은 사진 중에서
몇 장을 골랐다.
끊임없는 연애와 도박, 그리고 사진.
사랑과 허무와 순간의 영원….
삶의 허무에 맞섰던 한 사진가의 삶 앞에서 나는 무엇을 보았나.

눈의 무게를 생각하는 아침이다.

눈발은

눈보라는

눈송이는

어느 시점부터 가벼움을 털어버리고 눈의 무게가 되는 걸까.

아름드리 소나무를, 돌부처의 목을 확 꺾어버리는 것일까.

어떤 마음을.

서귀포 본태박물관에서
커피와 비, 오리와 놀았다.
집으로 돌아가는 길도 멀지만
마음은 더 아득하다.
이박삼일 같이 놀던 사람들은 모두 어디로 갔을까.

제주도 동백 숲에서 길을 잃었다. 지금 생각해도 길을 잃어버릴 수 없는 상황이었다. 길을 찾아 헤매다 집터로 보이는 곳을 뱅뱅 돌았다. 뭔가 기운이 좋지 않았지만 내색하진 않았다. 얼마 뒤 길을 찾았으니까. 그런데… 집에 돌아와 악몽 비슷한 걸 꾸었다. 현관문 앞에 서 있는 낯선 할머니 두 분. 유리창에 비치는 이상한 차림의 여자. 방바닥에서 꿈틀거리는 지렁이들. 나는 젓가락으로 지렁이를 잡았다. 식은땀을 흘리며. 분명 동백 숲에서 나를 따라온 것들이었다.

섬에서
본 또 다른 섬
서귀포는 이홍섭 시인의 시처럼 '가도 가도 서쪽인 당신'이다.

고향집에 가서 소주 두 병을 깠으나 잠이 오지 않았다.

피우던 담배가 떨어져 독한 북한담배를 들고 바람 힝힝 부는 처마 밑에서 피웠다.

낮에 내린 눈 위에 찍어놓은 닭들의 발자국을 물끄러미 들여다보았다.

⁂ ⁂ ⁂ ⁂

대체 어디로 가란 것인지….

동짓날 밤이었다.

사람들을 새해 첫날부터 자그마한 얼음구멍을 들여다보며 탁구공을 낚으려 애를 쓰고 나는 늦잠에서 깨어나 어머니가 화로에 구운 고등어를 먹었다. 그리고 진부 정선 미탄 평창 방림 계촌 안흥, 이런 이름을 지닌 마을을 지나왔다. 솔치재 비행기재 멧둔재 여우고개 문재 전재, 이런 이름을 지닌 재와 고개를 넘었다. 동해에서 뜬 해가 서해에 잠길 때까지. 원주의 방바닥에 엎드려 생각하니,

낮엔 환했는데

밤은 캄캄하다.

오늘 새벽에 집으로 돌아오다가 경찰을 만났습니다. 경찰은 과속을 했다며 면허증을 요구했습니다. 망설이다가 할 수 없어서 가방을 뒤져 탁구공 하나를 건네주었지요. 경찰은 화를 내며 측정기를 가리켰습니다. 할 수 없이 또 가방을 뒤져 탁구공 하나를 더 주었습니다. 그러자 경찰은 길길이 화를 냈지요. 어쩔 수 없이 마지막 한 알을 꺼내 경찰에게 건넸습니다. 피 같은 새 탁구공을. 경찰은 세 알의 탁구공을 받고서야 측정기를 거두며 내게 물었지요. 몇 부냐고. 8부라고 답했지요. 그는 가소롭다는 듯 씩 웃더니 빨리 집에 가라 하더군요. 젠장, 병아리탁구 8부를 개무시하는 더러운 세상입니다.

탁구를 배우는 일은 저 티베트 사람들이 삼보일배를 하며 라싸로 가는 것과 비슷하다는 생각. 또 그들의 사진을 오래 들여다보니, 수행자들의 보따리 속엔 라켓과 탁구공이 들어 있을 듯도 하고. 그러니까 저분들도 어쩌면 탁구 치러 수백 킬로 떨어진 라싸 탁구장을 삼보일배로 가는 것만 같고. 뭐 그게 꼭 탁구만 그런 건 아니겠지만. 하여튼 팔꿈치에 엘보님이 오셔서 이틀째 횡성의 어느 한의원을 들락거리며 침을 맞다보니 별 생각이 다 드는 것이다.

깜깜한 밤에 도착해
소주 한 병 마시고 잠든 고향집.
아침에 일어나니 튀밥처럼 터져버린 탁구공들이
펄~ 펄~ 날렸지.
아버지는 토끼를 잡을 올무를 만들고
어머니는 돋보기를 쓴 채 밥상 위에 가득한 콩을 고르고 있었지.
나는 아궁이 앞에서 담배나 뻑뻑 피우고.

내가 갓난아기였던 시절. 오대산과 대관령 일대는 한마디로 무장공비들의 놀이터나 다름없었다. 그 여파로 이 산 저 산의 골짜기에 살던 화전민들은 대부분 골짜기에서 나와 독가촌이라는 곳으로 이주하였다. 오대산 진고개의 독가촌도 아마 그 당시에 지어졌을 것이다. 해발 1,000미터 바로 아래에 자리한 저 독가촌은 이제 세월의 힘에 밀려 폐가가 되었다. 저곳에 살던 내 어린 시절의 친구들은 모두 어디로 갔을까. 어디에서 아주 작고 가벼운 탁구공을 만지작거리고 있을까. 화전의 골짜기를 떠났지만 아직도 이 세상 어디에서 뜨거운 불의 꿈을 꾸고 있을까?

오대산 진고개 아래, 강릉시 연곡면 삼산리 천주교 삼산공소 건너편 개울가 밭둑에 서 있는 소나무 한 그루를 보았다. 오후의 해가 오대산을 넘어가는 시간이었다. 눈이 부셔 카메라 속에 소나무 한 그루가 어떻게 들어와 앉았는지 확인할 수조차 없었다. 그냥 어림짐작으로 셔터를 눌렀다.

일시에 눈을 멀게 하는 어떤 사랑처럼.

그런 사랑이 다시 오기나 할까 생각하며.

오대산에서

가장 따스해 보이는 암자에 갔었다.

동안거에 든 스님은 방문을 걸어 잠갔고

나는 먼 산이나 바라보다가 돌아왔다.

곤줄박이 한 마리는 허공의 징검다리를 건너듯 나를 따라왔고.

산 속의

탁구장.

오대산 중대 사자암.

이 탁구장의 역대 주요 선수들을 훑어보았더니
쟁쟁하다.
할 수 없이 제일 아래층으로 내려가 라켓과 공을 꺼냈다.
어느 세월에 저 꼭대기 층까지 올라갈꼬.
올라가기나 할까.

소주 몇 병 챙겨들고 설 연휴 동안 앉아 있어야 될, 오대산 얼어붙은 개울 위에 놓인 의자. 저 의자에 앉아 세 명의 탁구 고수들 생애를 들여다보겠지. 군인들이 탁구장을 불태우려하자 자신과 함께 불태우라 일갈한 뒤 결국 탁구를 치면서 열반에 든 고수가 있었고, 중국의 난해한 탁구 경전들을 오랜 세월 번역하였는데 그 중 방대한 화엄탁구가 압권이라고 알려진 고수 또한 있었고, 전쟁 때 불탄 탁구장을 평생에 걸쳐 중창한 고수도 있었다. 산림법 위반으로 여러 차례 경찰에 붙잡혀 가면서도. 세 분 모두 저 얼음의 골짜기에서 살았던 분들이다. 그렇다면 저 얼음 위 의자에 앉아 연휴를 보내는 누추한 생은 조금 덜 쓸쓸할까.

광주에 품팔러 갔다가 돌아왔다. 광주터미널 옆에는 서점이 있었다. 품삯으로 소설책을 샀다. 『파씨의 입문』『계속해보겠습니다』『암스테르담 가라지세일 두번째』『그들에게 린디합을』『러브 레플리카』『백 행을 쓰고 싶다』『소년이 온다』『퀴르발 남작의 성』. 돌아와 술잔을 허공에 띄우려고 공을 들인다. 호주머니에서 먼지가 펄펄 날린다. 이게 인생이다.

숨어 있던
봄이
오면
눈과 얼음을 이고 있던 돌이 하늘로 날아오를까.

세상의 어떤 나무들.
세상의 어떤 노래들.
세상의 어떤 그림들.
세상의 어떤 꽃들.
세상의 어떤 눈물들.
세상의 어떤 하품들.
그리고 세상의 개꿈만 골라서 한바탕 꾸는 소설가.

라디오 하나 들고 2년 만에 토지문화관 집필실로 들어왔다.
벽에 걸린 액자 속 여인들은 전쟁이 끝난 것을 축하하기 위해 거리에서 춤을 추고
라디오에선 봄날의 나른함을 예고하는 졸음을 흘려보낸다.
아마도 낮잠만 자다가 봄날이 갈 것 같으니.

꽃이 피겠지.
저기 무덤가 빈자리에 또 누군가 와서 눕겠지.
담배 한 대 피우며 물끄러미 바라보겠지.
꽃이 지겠지.
누가 화비화花非花라 했던가.
나는 왜 여기 앉아 저 빈 자리들을 바라보고 있는가.

술병에 꽂아놓은
목련나무 가지에서 꽃이 필까.
꽃이 피면 목란배를 타고
떠나야겠다.

수원에서 한 칠팔 년 살았지.
이십대 후반에서 삼십대 초반까지.
참 기이한 시간이었지.
방화수류정에서 달밤에 술도 꽤 마셨지.
그러다 떠났지. 아니 떠날 수밖에 없었지.
오늘은 아버지를 모시고 빈센트병원에 갔지.
아버지 정기검진을 받는 동안 화성을 기웃거렸지.
옛날은 노란 산수유처럼 잠깐 어른거렸지.
그리고 나 홀로 돌아왔지.
돌아와 막걸리를 마시는 흐린 오후지.
인간이란 운명의 쓸쓸한 하루지.

목란은
내가 취해 코를 골고 침을 흘리며 잠든 삼월의 어느 밤에
꽃잎 한 장을 들어올렸다.
얼마나 간절하게 꽃잎 한 장을 열었는지
아직도 파르르 떨고 있다.
라디오는 축하곡을 들려주고 액자 속의 여인들은 춤춘다. 나는 아침부터 축하주를 마시고.

막걸리 한 통을 비우는 사이에
책상 위의 목란은 이제 찐빵처럼 부풀어 올랐다.
경이롭다!

두 송이의 목란은 모두 시들었다.
이렇게 짧은 게 꽃의 시간이라니.
그러나 지금 이 순간이 과거고 현재고 미래다.
지금 이 순간에 통장의 잔고를 다 써버리자.
그러나, 지겨운, 지리멸렬한, 이 순간들….

나무는 나보다 한참 크다.
촛불은 나보다 훨씬 뜨겁다.
연두는 나보다 몹시 푸르다.
그러하니 나는 술이나 마셔야지.

영화 〈동사서독〉이 생각나는
봄날이다.

모래바람이 얼굴을 때리는 이 사막을 떠나 고향으로 돌아가고 싶으나
내 검에선 아직 마르지 않은 피가 뚝뚝 떨어지고 있으니.

내일이 되면 이 꽃들과 헤어져야 한다.
꿈 같은 날들이었다.
소설은 모두 썼으나 그 소설의 얼굴은 떠오르지 않는다.
그러나 오월은 오겠지.

누군가의 은밀한 꿈을 몰래 들여다본다는 것은 무엇일까. 그 꿈을 파헤쳐 그 사람의 속마음을 읽는다는 것은? 더군다나 어떤 권력기관이 그 일에 관여한다면. 끔찍한 일이겠지. 내 꿈속에 들어온 사람들은 내가 부른 것일까. 그들이 자진해서 들어온 것일까. 타인의 꿈속으로 들어간 나는 누구였을까. 얼마나 자주 들락거렸을까. 그 사람의 기분은 어땠을까. 이스마엘 카다레의 『꿈의 궁전』을 읽은 오월의 오후다. 정녕 세상의 모든 일들은 누군가가 꾼 한 편의 꿈에서 비롯되었을까. 창밖에선 꽃이 피고 지는데 내 꿈속의 빈 밥그릇엔 함박눈만 쌓이고 있다.

단강과 섬강이 만나는 흥원창의
초여름 오후 풍경.
음력 유월 초에 태어난 말이나
양력 칠월 중순에 태어난 말이나
무더위에 지치긴 마찬가지.
그래서 나는 눈발 날리는 겨울을 좋아하는 모양이다.
여름엔 그저 병든 닭처럼 졸기만 하니.

살아가는 일은
애가 마르거나
애를 말리거나
애를 씌우거나
애를 태우는 거라고
초여름 저녁에 가만히 생각해본다.

돌 속에 숨어 있던 용의 발톱을 꺼낸 석수장이도 더웠을 것이다.
돌 위에 땀방울 꽤나 흘렸을 것이다.

그렇게 탄생한 용은 어디로 갔을까.

이 무더위에 낮술을 마시고 뻗었을까.

허물만 남겨둔 채 다시 돌 속으로 숨었을까.

아니, 구름 너머로 날아갔는지도 모르겠다.

나는 돌 속의 용을 꺼낸 석수장이와 낮술을 마시며 땡볕 옆 손바닥만 한 그늘 속에서 취해가고 있다.

가끔 떠나간 애인 생각이나 하며.

죽은 낙엽송 가지에 앉아 있는 새야, 내가 누구인지 말해다오.

그를 만나는 내내

내 얼굴에선 땀방울이 뚝뚝 떨어졌고

몹시 배가 고팠다.

그는 같은 자리에 너무 오래 앉아 있어 허리가 아프다고 내게 속삭였다.

몹시 심심하다고, 땀에 젖은 내 옷자락을 잡았다.

하지만 나는 그를 뿌리치고 부석사 비탈길을 내려와 죽령을 넘었다.

장맛비가 쏟아지는 날 길을 달리다가 발견한 표지판. 염전해변. 나는 급브레이크를 밟았다. 소금밭, 소금꽃, 소금밭 해변…. 그곳으로 들어가니 화력발전소가 비에 젖어가고 있었다. 소금밭은 어디에도 없었다. 쏟아지는 빗발에 소금은 흔적도 없이 녹아버린 것 같았다. 와이퍼로도 지워버릴 수 없는 빗물이 모든 걸 지워버리고 있을 뿐이었다. 소금도, 불도. 허름한 구멍가게에서 강술을 마시고 들어가 잠든 해변여인숙의 이불도 갑옷처럼 무겁고 눅눅했다. 그렇게 악몽에 시달리다 깨어난 새벽 온몸에 소금꽃이 피어나 있었다.

더 이상 갈 곳이 없었다.

진짜 새인 줄 알았는데 가짜 새였다. 그래도 믿기지 않아 조금 더 기다렸다. 새들은 마치 호수 위에서 잠든 것처럼 미동도 하지 않았다. 누가, 왜, 저곳에…. 그때 새의 질문이 호수를 건너 내게 도착했다. 넌 진짜니? 나는 비틀거렸다.

멍멍! (반갑다고)

멍멍! (반갑다고)

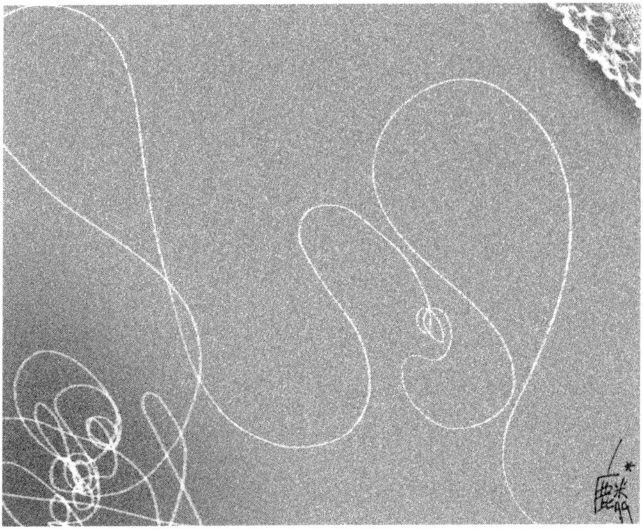

바다를 이야기할 수 있다면 얼마나 좋을까. 가끔 바다 옆을 서성거리기만 하다가 돌아온다. 마음에 드는 한 사람을 오래 곁눈질하듯. 그렇게 돌아와, 오래, 앓는다.

멍멍멍! (왜 이렇게 늦게 온 거냐고)

멍멍! 멍멍! (도대체 얼마나 재밌는 이야기를 가져온 거냐고)

멍멍, 머멍! (재미없으면 확 물어버릴 거라고)

낯선 마을의 낯선 개가 나를 반긴다.

9일 — 어깨 마사지를 받고 춘천 상상마당에서 떠든 뒤 베어즈호텔에서 홀로 잠들었다.

8일 — 자정까지 탁구를 쳤다.

7일 — 입안에 가득한 욕설을 겨우 삼켰다.

6일 — 강원랜드 산상음악회에 갔는데 실망.

5일 — 등이 굽은 엄마를 면소재지 병원 앞에 내려주고 돌아왔다. 왠지 화가 나고 슬펐다.

4일 — 낮에는 선자령 입구의 그늘에 차를 세워놓고 책을 읽다가 저녁엔 대관령음악제에 가서 바버의 〈현을 위한 아다지오〉를 들었다

3일 — 동강사진전에 가서 자살한 이들이 흘린 피를 찍은 사진을 구경했다. 그리고 함백산으로 달려가 꽃들을 구경했다. 바람의 언덕에 도착하니 날이 저물고 있었다.

2일 — 원주 시립도서관에서 전영근의 그림을 보고 어디로든 떠날 결심을 했다.

1일 — 탁구공처럼 작고 가벼운 고독에 대해 생각했다. 색깔로 치자면 하얀 고독에 대해서. 모두 뜬구름 같았던 날들이었다.

옛날 어느 겨울밤 마을 공터에 가설극장이 세워졌다. 그날 밤, 우리는 담요와 돗자리를 챙겨들고 영화를 보러갔다. 천장도 의자도 없는 가설극장의 바닥에 자리를 깔고 앉아 거대한 화면으로 흘러가는 것들을 들여다보았다. 추운 줄도 모르고. 눈이 내리는지도 모르고. 천막이 서서히 걷혀지고 화면만 남아 있다는 것도 모른 채. 마침내 영화가 끝나면 한동안 멍! 집으로 돌아오는 밤길, 손전등 불빛을 하늘로 향하면 그 빛의 기둥 속을 촘촘하게 채우던 눈송이, 눈송이. 은하수의 별들처럼 한꺼번에 쏟아지는 함박눈. 그때 내가 본 영화는 어떤 영화였을까.

모운동에 갔다.
날이 어두워지자 가설극장의 화면으로
〈일 포스티노〉가 흘러갔다.
〈동사서독〉이 그 뒤를 이었다.
〈안개 속 풍경〉의 소녀가 흐느꼈다.

취한 말을 끌고 소년은 눈 덮인 국경을 넘어갔다.

'모든 도피하는 자들에게 이 영화를 바친다'고 〈지중해〉의 감독은 말했다.

아, 지그재그로 이어지는 길을 따라 친구의 집을 찾아가는 소년.

모운동은 세상의 모든 극장이었다.

나는 별빛이 총총한, 함박눈이 밤하늘을 가득 채운 가설극장에 갇혔다.

트럭의 짐칸에서 강간당한 소녀가 울먹이며 중얼거린다.

'아빠, 우린 낙엽처럼 떠돌고 있어요.'

모운동이 캄캄해졌다.

소설가 박현욱은 눈이 덮인 대관령의 목장 언덕 사진을 보고 '거의 산만한 탁구공'이라고 하였다. 자세히 들여다보니 과연 그러했다. 이래서 탁구가 문제다. 공 속으로 한번 들어가면 빠져나올 길이 없으니.

노을은 용암처럼 끓는데
저 돌부처는 입을 닫은 지 오래되었다.

그러면 나는?

이슬람의 한 청년이 어느 날 소와 눈이 마주쳤는데, 그 소의 눈빛이 구애의 눈빛이었다. 청년은 그 즉시 소와 관계를 가졌다. 그리고 기뻐서 길길이 뛰어다녔다. 마을사람들이 그것을 보고 자초지종을 물은 뒤 이슬람율법에 따라 그 소와 결혼할 것을 권고했다. 청년은 결국 소와 결혼했다.

오래 전에 읽은 신문 기사의 내용이다. 그 소와 청년이 잘 살고 있는지 오늘 갑자기 궁금해졌다. 찾아가 확인해볼 수도 없고.

소설가 박과 호수에 갔었다. 아니 그 전에 중국집에서 만나 짬뽕과 새우 등등, 크림생맥주를 마셨다. 자리를 옮겨 커피를 마시며 비 그친 하늘에 대해 얘기를 나눴다. 그 뒤 탁구를 칠까 망설이다가 호수를 찾아 떠났다. 달리는 차 안에서, 호수 옆에서, 돈가스와 맥주를 마시는 음식점에서 우리는 이러저러한 얘기를 했고 가끔 침묵을 주고받았다. 그렇게 초가을 하루를 건너가는 동안 문득 이런 생각이 들었다. 꽤 많은 것들이 우리들 곁을 지나갔구나. 스쳐가기도 했지만 치고 달아나기도 했구나.

아니, 내가 먼저 치고 달아나기도 했구나. 돌아와 호수 옆에서 찍은 사진 한 장을 오래 들여다보았다.

저 아이는 무엇을 기다리나.

저 새들은 어디로 가는 걸까.

저 산은 무슨 생각을 호수에 비춰보는 걸까.

저 물은.

소주 한 병.

대구포와 고추장.

행글라이더를 타고 허공에서 노을을 보며

취해간다면

한소식 얻을 것만 같은데.

일 때문에 강릉 안반데기에 갔다가 발왕산 노을을 보았다. 어두워지고 나서야 고갯길을 내려오면서 생각에 잠겼다. 지난날들 내가 뱉어낸 무수한 말들이, 행동이, 혹여 누군가에게 가슴 아픈 일이 아니었기를….

나무 한 그루 보려고 신림 용소막성당에 갔다가 한 시간 반 동안 엠마우스 합창단이 부르는 그레고리오 성가를 들었다. 아, 이 지루함을 견뎌야하는구나. 그게 인생이구나.

가만히 들여다보니 11월의 모든 풍경들, 간절한 촛불처럼 보인다.

지난 한 해
취한 말을 끌고 다녔다.
내년엔 어떤 말을 끌고 다닐까.

신춘문예 당선작들을 뒤적거리다가 든 생각. 한 분이 한 신문사에서만 심사하면 좋겠다는 생각. 그게 그 신문사 신춘문예의 개성도 되고 덩달아 응모자들도 좋을 텐데. 지금은 좀 그렇게 보인다는 생각은 내 생각일 뿐인가. 뭐 하여튼 신춘문예에 당선된 소설과 시를 뒤적거리는 날이다.

4. 꿈수집가의 허름한 침대

해변에서 큰 물고기 한 마리를 줍고 고향집에서 오리알 세 개를 가져왔다.

꿈을 꾸기 전날, 거돈사지에 다녀왔다. 산불감시원만 트럭에 앉아 있는 절터. 그 많던 절간들은 모두 사라지고 비석과 탑, 불상을 받쳤던 깨어진 석조좌대만 남은 절터. 밤이면 산짐승들이 내려와 잔디밭에서 잠을 자고 서리태 같은 똥만 좌르르 쏟아놓고 가는 곳. 꿈을 꾼 다음날 고향집에 눈이 내렸을 거라 짐작하며 베란다에서 담배를 피운 뒤 류현진의 2이닝 투구를 휴대폰으로 시청했다. 물고기와 오리알이라.

저수지에서 낚시로 물고기를 잡았다. 그곳으로 황현산 선생님이 찾아왔다. 밥상을 차려놓고 물고기를 구워먹는 자리였다. 붕어와 새우, 개구리가 미리 던져놓은 통발에 가득 담긴 채 올라왔다. 밥을 먹는데 황 선생님이 갑자기 울었다. 왠지 늙어 보이셨다. 나는 잡은 붕어를 서둘러 구워서 가져와 드시라고 권했다. 그런데 붕어의 속이 조금 덜 익어서 다시 불에 올려놓았다. 어쩔 수 없이 나는 말로 황 선생님을 위로해야만 했다.

황현산 선생님은 아주 가끔 꿈에 나타나는데 우신 건 처음이다. 12월 아침이다. 눈 내린 다음 날 빈 밭에, 빈 길에, 얼어붙은 개울에 나가보면 다 알 수 있다. 발자국들. 누가 어디로 갔는지. 단란주점에 간 멧돼지, 바람난 고라니, 가출한 토끼, 연애에 빠진 오소리, 술 취해 구토를 한 너구리.

임순례 감독님과 함께 영화를 찍고 있는데. 갑자기 감독님이 스텝과 배우들을 모두 남겨놓은 채 군용 헬리콥터를 타고 달아나버렸다. 영화는 반밖에 찍지 못했는데.

도서관에 가려고 시내를 통과하는데 진부장날이었다. 차를 세우고 장 구경을 했다. 꼬막을 파는 아저씨가 장 보러 나온 시골사람들에게 소리쳤다. 자, 꼬막이 눈을 떴다 감았다 합니다! 임 감독님은 왜 달아났을까. 아니 나는 왜 달아났을까.

사나운 수탉 한 마리에게 쫓겨 다녔다. 부리에 쪼이고 발톱에 긁히며. 수탉은 매서운 형사 같았다. 내가 어디에 숨어도 귀신같이 찾아냈다. 하루 이틀 사흘. 수탉에게서 벗어날 방법은 없어 보였다. 왜 수탉이 나를 쫓는지 숨을 헉헉거리며 헤아렸으나 알 길이 없었다. 학교에 가도, 친구 집에 숨어도, 장거리의 사람들 속에 파묻혀도 어김없이 찾아낸 뒤 날개를 퍼덕거리며 날아와 부리로 내 몸을 물어뜯었다.

며칠 동안 수탉에게 쫓기는 꿈을 꾸었다. 꿈에서 깨어나면 나는 수탉이 할퀴고 간 상처에 약을 바르곤 했다.

옛 애인의 바짝 마른 성기를 혀로 핥았다. 어떤 변명을 들었고.

꿈에서 깨어나 네팔 포카라의 어느 날 아침을 떠올렸다. 늦잠에서 깨어나 일출을 보려고 게스트하우스 옥상에 올라갔는데 일본인 사내 둘이 눈 덮인 마차푸차레를 바라보며 절을 하고 있었다. 대마초를 피우며. 설산 너머에서 해는 뜨고. 그 햇살이 마차푸차레를 붉게 물들이고. 나는 사내에게 다가가 한 모금 달라고 할까 말까를 망설이고.

옛 애인이 꿈에 나타나면 도리 없이 슬프니.

한암 스님의 지팡이를 받았다. 크고 작은 물고기들, 더러는 비리비리한 물고기들이 지팡이를 돌아가고 있었다. 군인들이 있는 절간. 스님 같지 않은 스님들이 머무는 절간. 지팡이를 움켜쥐고 도망쳤다.

아버지는 나무를 하고 계셨다. 경운기 뒤에 밧줄을 걸고 구렁창에 쓰러져 있는 아름드리 소나무를 끌어올리다가 힘이 부치니 늦잠을 자는 나를 깨워 호출한 것이다. 경운기에서 검은 연기가 푹푹 솟아오르고 소나무는 가지가 찢어지고 껍질이 벗겨지며 길로 끌려올라왔다. 한 일주일치의 땔감인 장작을 하는 동안 꿈은 자취 없이 사라졌다.

큰 뱀 한 마리를 작살 비슷한 것으로 죽였다.

그해 여름 매일 저녁이 되면 나는 어김없이 그 절을 찾아갔다. 어둠이 내리는 절 마당. 불빛이 번지는 대웅전의 문들. 탑을 바라보는 석조보살좌상. 적막…. 나는 마당을 서성거리다가 슬그머니 절을 빠져나오곤 했다. 왜 매일 같은 일을 반복하는 건지 알 수 없었다.

에프킬라를 들고 몰려드는 말벌 떼와 싸웠다.

누에에 관한 소설을 쓰고 있는데 아마도 그 누에들이 말벌로 변한 듯하다.

놀러갔다가 늦게 집으로 돌아온 엄마. 소로 밭을 가는 아버지. 나는 아궁이에 불을 지피려고 애를 쓰고 있으나 잘 붙지 않는다. 밭에서 집으로 돌아온 아버지는 엄마를 때린다. 마당으로 굴러떨어지는 엄마. 함께 놀러갔던 이웃집 아주머니는 말리지 않고 구경만 한다. 어두컴컴한 아궁이 앞에 앉은 내 마음은 체한 것처럼 답답하기만 하고.

꿈에서 깨어나니 원주 토지문화관 집필실이다. 작은 냉장고에서 막걸리를 꺼내 식전부터 마셨다. 누에 한 마리가 머릿속에서 뽕잎을 갉아먹고 있는 것 같아 한 병을 더 마셨다.

천장 밑에 걸린, 오래된 벽시계를 떼어내려고 애를 썼다.

하품을 하며 내리는 눈을, 그런 시간을 보고 싶었던 모양이다.

아주 긴 코털 하나를 뽑았다.

오늘의 쓸쓸함은 내 지난 날들의 업이다. 그러니 투덜대지 마라. 옆에 있는 사람에게 공연히 화내지 마라.

깡패들과 부대꼈다. 좁고 긴 복도, 여러 층으로 나누어진 건물. 깡패들을 피해 이곳저곳을 쏘다니다 어떤 괴이한 기운을 풍기는 사원에 들어갔다. 이슬람이나 힌두 사원, 아니 이단의 종교단체 사원 같은 곳. 그곳 어느 넓은 방에는 나체의 젊은 여자들이 둥근 원처럼 누워 자위행위를 하고 있었다. 마치 종교의식을 치르는 것처럼 보였으나 나는 우연히 그곳에서 만난 가족들이 그 장면을 볼까봐 전전긍긍하고.

도서관이라는 절, 도서관이라는 힌두사원, 도서관이라는 이슬람 성전. 삼월의 눈은 꽃가루처럼 흩날린다. 도서관이라는, 다양한 방들. 그곳에 앉아 휴대폰을 만지작거린다. 의자의 팔걸이에 기댄 채 졸 듯 졸지 않는다. 한숨 몇 번. 다시 휴대폰 화면을 기웃거린다. 창밖을 바라본다. 꽃 피지 않은 삼월의 바람이 나뭇가지를 흔든다. 스스로에게 묻는다. 이게 삶인가? 꿈속의 그녀들처럼 나는 치열했는가.

방에 소 세 마리가 마치 외양간인 듯 살고 있다. 그녀는 동생을 업은 채 귀퉁이에 앉아 있고. 문 밖으로 지나가는 아버지. 아마 외양간을 수리하느라 임시로 소를 방으로 들인 모양이다. 그런데 갑자기 좁은 방에서 소들이 싸움을 한다. 그 중 한 마리가 방을 뛰쳐나가고 겁에 질려 있던 그녀도 동생을 업은 채 도망친다. 그녀가 숨은 곳은 마당 귀퉁이의 재래식 변소. 나는 무엇을 하고 있었지? 도대체 나는?

2013년 4월 10일, 친구 어머니의 장례식장에서 하룻밤 새우고 돌아와 잠들었는데 그 밤 눈이 내렸다. 초저녁 꿈에선 내가 엄마의 팔뚝을 입으로 물어뜯고 있었다. 마치 굶주림에 시달린 개처럼. 진땀에 젖은 채 깨어나 한참을 멍하니 앉아 있었다. 엄마의 팔뚝을 물어뜯다니. 아침의 꿈에선 반전이 일어났다. 엄마는 집에서 기르는 닭들, 개들, 토끼들, 소를 차례차례 잡았다. 음식 재료를 마련한다는 명목으로. 식구들은 말리지도 못하고 그 모습을 묵묵히 바라보고만 있었다. 우리는 그동안 엄마에게 끊임없이 반찬투정을 하였기에 아무 말도 할 수 없었다.

그날은 종일 눈이 내렸다. 땅에 닿으면 녹아버리는 눈이. 나는 도서관으로 가다가 분식집 사내가 찐빵과 만두를 찜통에서 꺼내는 모습을 바라보았다. 날리는 눈발을 지우며 김이 무럭무럭 치솟았다. 눈을 지워버리는 안개처럼. 나는 손등으로 두 눈을 비볐다. 눈물인지 눈 물인지가 손등과 볼에 묻어 있었다.

그로부터 한 달 뒤 2013년 5월 10일 밤, 나는 머리를 바리캉으로 박박 미는 꿈을 꾸었다.

봄꽃은 피거나 떨어지고 있었지만 밤이 되면 여전히 추웠다. 다시 꿈이 찾아오기까지의 한 달 동안 나는 무엇을 했나. 삼척의 맹방과 경포대로 밤의 벚꽃 구경을 갔다. 강릉 공설운동장에서 포항과 강원FC의 축구경기를 관람했는데 강원의 게임메이커가 보이지 않아 답답했다. 가끔 샛바람이 부는 밤이면 등이 시렸다. 마을사람들은 밭에 당귀를 심고 나서 대파를 심었다. 그들은 땅바닥에 앉아 새참을 먹었다. 또 가끔 오월의 눈보라가 대관령을 휩쓸고 지나갔다. 집 뒤 비탈밭에서 아버지와 함께 후치질을 했는데 내가 인간 소가 된 것만 같았다. 토끼를 유달리 좋아하는 아버지는 장에 가서 새끼 토끼 두 마리를 사 왔다. 산에선 두릅이 돋아나고 있었고 나는 정선 구절리의 오월이란 시골다방을 찾아가 케냐 한 잔과 막걸리 한 병을 비우고 돌아왔다. 그렇게 한 달이 흘러갔던 것이다. 물론 그 한 달 동안 입 밖으로 꺼내놓을 수 없는 일들이 더 많았다. 그래서 나는 내 손으로 내 머리를 밀었던 것일까.

마침내 집에서 기르던 소를 내 손으로 잡았다. 그리고 시치미를 뗐다.

눈이 퍼붓는 대관령의 겨울. 잠에서 깨어나 슬그머니 외양간에 나가보니 아버지는 소똥을 치고 있었다. 도로아미타불이군. 소에 대한 욕망은 전쟁에 대한 욕망이라고 믿는 사람들이 있다고 한다. 소는 생명의 어머니라고 힌두교도들은 말한다. 간디는 수많은 인도인들의 어머니가 소라고 했다. 암소는 동정의 신이라고 했던가. 신자들은 암소의 도움으로 온갖 생명체들의 합일을 이해하게 된다. 자연이 그런 합일의 상징으로 암소를 선택했다는 것이 내게는 자명한 것처럼 보인다고 간디는 덧붙였는데 내가 이해하기에는 다소 모호한 말이다.

유럽, 특히 스페인에서는 황소를 숭배한다. 황소와 인간의 결투가 투우라고. 1494년 콜럼버스는 아메리카 항해 도중 24마리의 종마와 10마리의 어미 말, 그리고 정확한 숫자가 파악되지 않은 소들을 하역하였다고 한다. 즉 살아 있는 마소를 배에 싣고 대양을 건넜던 것이다. 아메리카는 그러니까 유럽의 소 사육장이었다. 소고기 전쟁인 것이다. 그리고 1870년대 말 아메리카의 버펄로는 멸종되었다.

지구상에는 12억8,000마리의 소가 사육되고 있다는데 미국에서 생산되는 곡물의 70퍼센트를 소가 소비한다고 한다. 에너지 폭식자가 바로 소인데 에너지 전환이 가장 비효율적인 부류가 소라고 한다. 이 모든 게 인간들의 쇠고기클럽 가입이라는 특권에 지불한 대가라고.

뭐 내 꿈속의 소가 그 소인지는 잘 모르겠으나 한 달여 뒤 나는 소 꿈을 다시 꾸었다. 이번엔 소를 집으로 끌고 왔다. 집에 도착한 소는 새끼를 낳았다. 쌍둥이라는 생각이 들었다. 그 얼마 전에도 새끼를 낳았던 것 같은데…. 집안에 소들이 넘쳐나고 있었다. 마당에는 병아리들이 싸돌아다니고. 가축들의 세상이 되어버린 것만 같아 처마 밑에 쪼그려 앉아 그저 바라보는 수밖에 없었다. 그리고 일주일 뒤 나는 태어나 처음으로 자가용을 뽑았다. 초보운전이었다.

구두를 샀다. 그 구두를 새로 부임한 도서관 사서에게 선물했다. 그녀와 나는 그날 밤 격렬한 정사를 치렀다. 마치 〈파리에서의 마지막 탱고〉처럼.

꿈에서 깨어나 세수를 하고 아침을 먹은 뒤 도서관으로 갈 채비를 마쳤다. 도서관에 가야 하나, 가지 말아야 하나. 장거리에서 예정에도 없는 장 구경을 했다. 도서관에 가야 하나. 망설이다가 결국 도서관으로 향했다. 달리 갈 곳이 없었다. 도둑처럼 들어가 도둑처럼 앉아 있다가 도둑처럼 도서관을 나와야지. 그러나 그렇게 되지 않았다. 새로 부임한 지 얼마 안 된 사서는 포스터를 붙이다가 나를 발견하곤 밝게 인사를 했다. 얼굴이 화끈거렸다. 서가 귀퉁이의 책상 앞에 앉아 책을 펼치기도 전에 커피 한 잔을 뽑아와 건넸다. 말씀 많이 들었다며 웃음을 지었다. 말씀이라니? 앞으로 잘 부탁한다고 말을 건넸다. 꿈속의 사서가 자꾸만 떠올라서 곤혹스러웠다. 차라리 장거리로 나가 낮술이나 마실까 고민에 빠졌다. 사서는 이러저러한 얘길 한참 하다가 내가 책을 뒤적거리자 그제야 돌아섰다. 헉! 서가를 빠져나가는 사서의 구두는 꿈에 내가 선물한 그 구두였다. 더 이상 도서관에 앉아 있을 수가 없었다.

봄날이었다. 나는 장거리 난전에 앉아 막걸리를 마셨다. 장거리에는 긴 겨울을 나고 이 골 저 골에서 나온 등이 굽은 미륵 같은 노인들이 천천히 오가며 장을 보고 있었다. 나는 부끄러워서, 자꾸만 부끄러워서 술잔만 들이켰다. 꽃들이 피어나는 봄날이었다. 다시 도서관으로 돌아갈 수 있을지 막막했다. 앞으로 사서의 얼굴을 제대로 볼 수 있을까. 도대체 내 속에서 우글거리는 것들의 정체는 무엇일까.

현실의 시간으로 2008년 5월 23일 새벽, 나는 비장한 각오, 두근거리는 마음, 초조한 심장을 달래며 시험장으로 향했다. 대학 입학을 위한 학력고사를 보려고. 시험장에 들어가 내 자리에 앉아 시험지가 나오길 기다렸다. 다른 수험생들과 함께. 과연 어떤 문제가 출제됐을까 궁금해하며.

시험감독관이 문을 열고 들어왔다. 그는 우리들에게 공깃돌 다섯 개를 나눠주었다. 그게 시험문제라고 했다. 납득이 가지 않았지만 우리는 손바닥 위에 올려놓은 공깃돌을 허공으로 띄워 올렸다가 손등으로 받기를 반복했다. 떨어뜨리면 시험 탈락이었다. 하나둘 시험장을 떠나는 사람들이 늘어났다. 어느 단계를 통과하면 하나 버리고 하나 받는 고난도의 단계로 올라갔다. 머리가 빠개질 것 같았다. 그걸 통과하면 또 한 단계 위의 기술을 구사해야 탈락을 면할 수 있었다. 그렇게 어려운 시험은 처음이었다. 아니, 그렇게 어려운 꿈은 처음이었다. 결국 나는 홀로 남아 시험을 보다가, 꿈을 꾸다가, 화가 나서 눈을 떠버렸다. 꿈을 중지시켰다.

다음날, 이발소에 가서 이발사와 세상 사람들의 머리 형상을 놓고 대화를 나눴다. 이발사는 이발 의자에 앉은 내 머리를 다듬으며 자신의 비밀을 털어놓았다. 그동안 제일 이발하기 어려웠던 머리는 스님과 깍두기의 머리였다고. 나는 거울을 통해 미소를 건네며 생각했다. 거기에 소설가의 머리를 보태야 한다고.

불란서의 문예지에서 소설 청탁이 왔다. 그러니까 불어로 소설을 써야 한다. 그렇지. 내가 불문과 출신이지. 모디아노, 카뮈, 발자크, 스탕달, 로맹 가리, 플로베르의 소설들을 읽었지. 그렇다곤 하지만 불어로 소설을 써야 한다니. 난감하네. 언젠가의 꿈에선 소설가 김소진이 소설 청탁을 한 적이 있었다. 나는 전화기를 귀에 붙인 채 그의 말을 들으며 생각했다. 죽은 사람이 어떻게 소설 청탁을 하는 거지? 그 소설은 어디에 실리게 되는 거지? 저승문학 봄호에? 하지만 나는 전화를 끊지 못한 채 그의 이야기를 모두 들었다. 소설 청탁에 흔쾌히 응했다. 그런데 이번에는 불어로 소설을 써야 한다니. 걱정이군. 한글로 써서 누군가에게 번역을 부탁해볼까? 아, 그러게 학교 다닐 때 불어 공부 열심히 하라고 야단을 치던 황 선생님 말을 들었어야 했어! 이제야 땅을 치며 후회를 하네.

아궁이 문을 활짝 열어놓고 불을 땐다. 이젠 꿈을 꿔도 길몽일 것 같으면 아궁이에서 번진 불이 집을 모두 태울지라도 계속 장작을 집어넣는다. 예전 같으면 불을 끄려고 온통 난리법석을 떨었는데. 꿈에서는 꿈 밖을 계산하고 꿈 밖에서는 이게 그저 봄날의 꿈이려니 여기니. 안타깝구나, 나여.

시끄러운 소음 때문에 잠에서 깨어났다. 여기가 어딘가? 차들이 쌩쌩 달리는 사거리 한복판 작은 공원의 잔디밭에 담요를 깔고 이불을 덮은 채 누워 있는 게 아닌가. 사나운 경적, 급하게 브레이크를 밟는 소리, 대형 차량이 달리며 일으키는 바람. 그리고 바로 옆에는 고라니 한 마리가 차와 충돌해 피를 흘리며 죽어가고 있었다. 대체 내가 왜 여기에 있단 말인가.

간밤 술에 만취한 나는 사거리 근처의 어느 여관을 찾아가 잠들었는데. 2층이거나 3층에 위치한 방이었는데. 분명 그 방으로 들어가 잠들었는데…. 나는 서둘러 짐을 챙겨들고 차들이

어두운 숲 속에서 새들이 사람처럼 서 있었다. 새들의 키가 숲의 나무들만큼이나 컸다. 새들은 사람의 얼굴을 지니고 있었다. 누군가 내게 그 새들의 특징을 이야기해줬다. 그 말에 맞춰 새들이 날개를 펼치자 그 안은 텅 비어 있었다. 새들은 구덩이에 나란히 누워 있기도 했다. 잠깐 자리를 비웠다가 다시 찾아가자 새들은 잠을 자러 산중턱으로 날아갔다고 누군가 이야기해줬다. 나는 새들이 날아갔다는 산을 바라보았다. 꿈에서 깨어나 존 바에즈의 〈where are you now, my son〉을 들었다. 하노이에서 포탄이 터지고 사이렌이 울렸고 그 사이사이 존 바에즈는 〈쿰바야〉를 불렀다.

쌩쌩 달리는 사거리에서 곡예를 하듯 이리저리 오가기를 반복하다가 겨우 인도로 빠져나왔다. 그때였다. 꽝! 하는 소리에 놀라 뒤돌아보니 내가 누워 잠들었던 곳에서 대형 화물차가 앞차와 추돌해 전복되었고 여러 개의 바퀴가 허공에서 돌아가고 있었다. 내가 깔고 덮었던 담요와 이불, 그리고 그 옆의 고라니는 자취도 없이 사라져버리고.

나는 쓰려오는 배를 주무르며 사거리 여관과 모텔들을 찾아 나섰다. 내게 열쇠를 건넨 주인의 얼굴도 어렴풋이 기억났다. 하지만 사거리를 몇 바퀴나 뱅뱅 돌고 계단을 오르내렸지만 여관과 모텔은 어디에도 없었다. 술 취한 내게 담요와 이불을 건네주며 사거리 잔디밭이 여관방이라고 사기를 친 사람도 물론 찾을 수 없었다.

하지만 간밤엔 분명 방이었는데.

이 꿈의 마지막쯤에서 나는 결국 여관을 찾는 걸 포기했지만 그게 다가 아니었다. 이번엔 차를 어디에 주차했는지 몰라 사거리 근처 골목을 뒤지고 또 뒤졌다. 그러나 내 차는 보이지 않았다. 차를 찾아다니다가 문득 한 생각이 떠올랐는데 간밤 혼자서 여관방으로 들어가지 않았다는 거였다. 한 여자가 있었다. 아내였는지 다른 사람이었는지 도무지 기억나지 않았다. 그게 사실이라면 그녀는 어디로 사라졌단 말인가. 머리가 딱딱

아팠다. 꿈에서 깨어난 뒤에도 너무 화가 나 한참을 씩씩거리다가 결국 시원한 물을 벌컥거린 뒤에야 책상 앞에 가서 앉았다. 노트북을 펼치고 자판을 두드렸다. 꿈을 소설로 각색하기 시작했다. 제목을 무엇으로 정할까 고민하다가 책상 위에 놓인 『미국의 송어낚시』 뒤표지에 실린 광고에 눈이 갔다. 제약회사 광고였는데 그 카피가 눈에 들어왔다. "왜 옆집 부부는 늘 건강하고 행복할까요"였다. 그 책은 오래 전에 『문예중앙』 별책부록으로 나온 것이었다. 나는 그 광고를 오래 들여다보다가 제목으로 선택했다. 그 속에 꿈을 들여놓았다.

그런데 그 소설을 발표한 지 몇 년 뒤 어느 날 텔레비전을 보는데 한 광고가 눈에 들어왔다. 제약회사의 숙취해소 약 광고였는데 내가 꾸었던 꿈과 거의 흡사한 장면을 연출하고 있었다. 술 취한 두 남자가 사거리에서 매트리스를 깔고 잠들었다가 아침에 일어나는 장면을. 이거, 저작권법을 뒤적거려야 하나.

모처럼 꿈보다 꿈 밖이 더 시끄럽다. 꿈속으로 들어가는 문이 모두 닫혀버렸다. 이 집안 사람들은 목소리가 몹시 크다. 이 산 꼭대기에서 저 산 꼭대기에 사는 사람들에게 얘기하는 것만 같으니.

늑대는 집이 없다. 이 산 저 산이 집이다. 산을 넘고 또 넘는다. 그러다 어느 골짜기에서 쓰러진다. 다시 깨어나지 않는다. 반면 여우는 전망 좋은 산의 팔부능선에 굴을 파고 산다. 거기서 길고 추운 겨울을 나겠지.

올해는 어느 산을 넘고 또 넘어갈까. 그러다 다리에 힘이 풀려 스르르 주저앉을까.

☘

눈 덮인 산에서 토끼와 달리기를 했다. 한번은 산꼭대기를 향해, 또 한번은 산 아래를 향해 달렸다. 비겼다.

잠이 오지 않는 겨울밤엔 지난 가을에 담근 돌배술을 마시며 『아라비안 나이트』를 읽는다. 붉게 충혈된 눈으로 이야기를 이어나가는 샤라자드의 옛날 얘기를.

☘

꿈에 서럽게 울었다.

2009년 9월 어느 날 밤의 꿈이었다. 거의 통곡을 했다. 꺼이꺼이 울었다. 울음이 멈춰지지 않았다. 눈물 또한 마찬가지였다. 살아오면서 흘린 모든 눈물보다 양이 많았다. 복받치는 그 무엇을 자제할 수가 없었다. 그렇게 오래 울어본 것은 태어나 처음이었다. 우느라 깨어날 수 없으니 당연히 늦잠을 잤다. 잠에서 깨어나니 집은 텅 비어 있었다. 엄마는 대파 작업을 갔을 테고 아버지는 잣을 따러 산에 갔을 것이다. 눈물에 흠뻑 젖어 있는 베개를 보며 생각에 잠겼다. 나는 왜 그렇게 울었을까…. 물론 꿈속에서 울게 된 사연은 있었다. 그거야 꿈에서 깨어났으니 이내 안심을 했지만 사실은 꿈 밖에서 조만간 닥쳐올지도 모를 어떤 굉장한 울음이 있지나 않을까 무서웠던 것이다. 그 꿈을 적어놓은 수첩의 다음 날들을 뒤적거렸다. 집에서 기르는 벌들의 꿀을 땄고. 주문진 근처의 방파제에서 밤낚시를 했고. 목과 어깨에 침을 맞았고. 하루 서울에 다녀왔고. 추석 연휴가 지나갔고. 그리고 첫 서리가 내렸을 뿐이었다.

아, 시간이 많이 흐른 오늘에야 나는 그날 밤 꿈에 그렇게 울었던 까닭을 비로소 알아챘다. 아무래도 냉장고의 술을 모두 비워야겠다. 나는 나를 거울을 통해 바라보면서도 그게 나인 줄 모른다. 아니, 그게 내가 아니라고 부인한다. 한없이 조잔한 인생이다.

2009년 1월 중순. 이틀에 걸쳐 소가 새끼를 낳았다. 쌍둥이를. 슬프게도 먼저 태어난 송아지가 죽었다. 외양간 밖에는 함박눈이 내렸다. 송아지는 두툼하게 깔아놓은 짚 속에 엎드려 꿈수집가를 만났다. 그가 쓴 글을 훔쳐보았다. 그는 독한 꿈수집가다.

'잠의 대가들의 운명은 꿈의 나라의 심층을 함부로 모험할 일이 아님을 증명해준다./ 밀랍으로 만든 마네킹 아홉 개를 보면 사람들은 열 번째 마네킹이 심장이 쿵쿵 뛰는 몸을 가진 실제 존재라는 것을 못 알아보지요. 그래서 가치 있는 사람이 허수아비 중에도 허수아비처럼 취급받으며 남들이 못 알아보는 가운데 사는 겁니다./ 야자열매로 만족 못하고 코를 벌름거리며 달을 따먹을 꿈을 꾸는 침팬지를 흉내내지 마시오./ 그의 단벌 옷 옆에는 마흔 벌의 잠옷이 나란히 걸려 있다./ 나무랄 데 없는 복장으로 잠자는 것은 수면의 과학적 실행에 절대적으로 필요한 일이다. 이것이 꿈꾸는 이의 자신감을 북돋워준다. 꿈이 우리를 어디로 데려갈지는 절대 알 수 없으므로 언제나 남부끄럽지 않은 모양새를 하고 있는 것이 좋다./ 꿈꾸기의 대가./ 잔다는 것은 자기 삶을 무대 뒤쪽에서 보는 것입니다./ 직업적으로 잠을 자는 사람./ 멀리 잔답니다./ 아마추어의 꿈들 뿐./ 성은 땅이 아니라 바다의 꿈처럼 보입니다.'

추위를 달랬다. 이마에 흰 털이 별처럼 박혀 있는 송아지였다. 엄마와 아버지는 화로에 싸릿가지를 올려놓고 가래떡을 구워 먹으며 겨울밤을 새우고 있었다. 새끼를 낳은 소의 딸도 곧 새끼를 낳을 예정이기 때문이었다. 바람이 힝힝 부는 밤이었다. 아버지는 수시로 외양간에 나가 상태를 확인하곤 방으로 들어왔다. 여행에서 돌아온 나도 잠들지 못한 채 돌배술을 비웠다. 그러다 나도 모르게 스르르 쓰러져 잠들었다가 아침에 일어났는데 새벽에 엄청난 눈이 내려 있었다. 나는 밖으로 나가 폭설에 덮여 있는 자동차의 눈을 치우고 문을 열었다. 맙소사! 차 안에 송아지 한 마리가 앉아 있었다. 이 송아지는 어떻게 차 안으로 들어갔을까. 나는 헐레벌떡 외양간으로 달려갔다. 어미소가 낳은 송아지는 외양간에서 눈을 말똥말똥 뜬 채 나를 바라보았고 그 딸 소는 아직 새끼를 낳지 않은 상태였다. 나는 다시 자동차로 달려가 문을 열었다. 차 안의 송아지가 말했다. 여긴 너무 추워. 따스한 외양간으로 나를 데려다줘.

꿈에서 깨어나기란 이토록 어렵다.

♧

소설가가 되고 싶었다. 소설가가 되기 위해 술을 마셨다. 소설가가 되기 위해 술자리를 기웃거렸다. 소설가가 되기 위해

문학 서클에 발을 디밀었다. 소설가가 되려다가 학교에서 제적 당했다. 소설가가 되고 싶어 휴전선에서도 소설을 끄적거렸다. 대학에 재입학을 하고 나서도 소설가가 되려고 서점의 소설 코너를 서성거렸다. 졸업 전에 소설가가 되고 싶어 졸업논문도 뒤로 미루고 신춘문예에 응모할 소설을 쓰느라 타자기 자판을 두드렸다. 재학시절에 쓴 소설들을 여러 신문에 응모했는데 다 떨어졌다. 소설가가 되기 위해 취직도 안 하고 자취방에서 소설을 썼다. 낮에는 아파트 건설현장에 나가 벽돌을 날랐다. 그러다가 수원으로 거처를 옮겨 소설가가 되기 위해 커피와 맥주를 날랐다. 커피와 맥주는 벽돌보다 가벼웠지만 소설은 그만큼 가벼워지지 않았다. 다시 해마다 신춘문예와 문예지에 응모했지만 떨어졌다. 그러던 중 경인일보에서 당선 통보가 왔다. 서울의 어느 신문에선 겨우 예선을 통과했을 뿐이었다. 수원을 떠났다. 고향으로 돌아가 잣나무 꼭대기에 올라가 잣을 땄다. 이듬해 아버지에게 천만 원을 얻어 춘천에다 작은 카페를 차렸다. 소설가가 되기 위해 밤이면 카페 탁자에서 소설을 썼다. 카페가 망했다. 애인과 헤어졌다. 응모한 소설도 떨어졌다. 짐을 싸들고 다시 고향으로 돌아갔다. 당근과 감자, 당귀를 심으며 고향마을에 새로 생긴 도서관에 터를 잡았다. 그곳은 숨어 있기 좋은 곳이었다. 밥 대신 책을 먹었다. 그해 여름 너무 더워서 소설 쓰는 게 점점 귀찮아졌다. 소설 같은 건 이제 그만 써야겠다는 생각을 했다. 내 팔자에 소설가가 되는 일은 없는 게 아니냐는 생각이 비로소 들었다. 그러던 중 중앙일보에서 신춘문예 제도를 바꿔 중앙신인문학상이란 걸 만들었다는 소식을 접했다. 상금도 대폭 올려서. 날도 더운 여름, 그럼 이번에는 좀 가벼운 연애 이야기나 써볼까 궁리를 거듭했다. 어쩌면 마지막 소설일지도 모른다는 생각을 자주 하며.

오늘 중앙일보 기사를 보다가 빵! 터지고 말았다. 그렇구나! 그동안 나는 소설가가 되기 위해 계속해서 등단 매체 세탁을 했구나. 그러하니 결국 나는 소설가가 되려다가 세탁부가 된 거였다. 괴상한 꿈이다.

♧

길 위에서 개 두 마리가 인간이 사랑을 나누는 체위 그대로 사랑을 나누고 있었다. 신체구조가 다른데 저 자세가 어떻게 가능하지? 고개를 갸웃거리며 그 모습을 바라보다가 돌아왔다.

여름의 시작이었다. 도서관 방충망에 붙어 있는 매미가 울었다. 수첩의 빈 칸에 공허라 쓰고 허공이라 읽었다. 부분 일식이 진행되고 있었는데 도서관 밖으로 나가기 귀찮아 국어사전의 일식을 베개 삼아 펼쳐놓고 낮잠을 청했다. 개 한 마리가 해를 삼키는 꿈을 꾸었다. 저물 무렵 집으로 돌아가는데 아버지가 경운기에 라면과 소주 한 박스를 싣고 가는 게 보였지만 모르는 척 추월했다. 하늘이 점점 어두워졌다.

목이 잘린 부처님 한 분을 모셔왔다.

'인생이라는 놈은 나를 산과 계곡으로 떠돌게 하고, 또한 나이 들게 하면서 저승으로 이끄네.' 트럭의 짐칸에 탄 아이들이 눈 덮인 국경을 넘으면서 노래를 부른다. 밀수를 하다 지뢰를 밟아 죽은 아버지. 아기를 낳다 죽은 엄마. 아픈 형. 새 공책 한 권이 없는 여동생. 갓난아기인 막내. 노새 한 마리에 팔려 시집가는 누나. 소년가장이 되어 밀수에 뛰어든 아윱. 〈취한 말들을 위한 시간〉을 한글 자막 없이 다시 보았다. 혹한을 견뎌내게 하려고 독한 술을 말에게 먹이는 사람들. 취한 말에 타이어를 매달고 눈 덮인 국경을 넘으려 하지만 실패할 때가 더 많은 사람들. 누가 저들을 저 설산으로 내몰았을까. 저렇게 혹독한 꿈속으로. 아윱의 여동생 아마네는 일기장에 이렇게 적는다. '눈이 내리고 길이 끊어지면 오빠는 취한 말을 끌고 국경을 넘습니다.'

이 꿈은 과거의 꿈일까. 현재의 꿈일까. 미래의 꿈일까.

목걸이를 걸고 목걸이를 찾아다녔다. 손목시계를 차고 손목시계를 찾아 두리번거렸다. 휴대폰을 들고 휴대폰을 잃어버렸다고 허둥거렸다. 그러나 그림자를 찾아 절 마당을 쏘다녔으나 끝내 내 그림자를 찾지 못했다.

산을 내려오다가 팔 하나를 떼어주고 생강나무 가지를 꺾어왔다. 다리 하나를 떼어주고 목련 가지를 꺾어왔다. 산을 거의 다 내려와 허벅지 살점을 잘라서 주고 개나리 가지를 꺾어왔다.

술에 취해 이틀을 지나니 생강나무 가지에서 꽃이 피었다. 알싸한 꽃 냄새가 진동한다. 목이 잘린 부처가 좋아했다.

눈을 뜨니 『마가리 극장』에선 〈동사서독〉을 상영하고 있었는데 이런 자막이 흐르고 있었다. 인간이 번뇌가 많은 건 기억력 때문이다. 잊으면 모든 게 편한데. 기억과 망각을 마음먹은 대로 할 수만 있다면 누가 그렇게 하지 않겠는가. 취생몽사란 술을 구하러 저 사막으로 가야겠다.

청주 근처에서 세 달을 보내고 있다.

간밤엔 배우 최민수를 만났는데 이 인간이 자기가 나보다 나이가 위라고 우겼다. 꿈속의 나는 분명 동갑이라고 여겼는데. 그래서 싸웠다. 그렇게 길게 싸운 꿈은 처음이었다. 내가 이겼다. 최민수는 동갑을 인정하며 꿈 밖으로 퇴장했다. 꿈에서 깨어난 나는 기분이 좋았다. 식사시간이 지났지만 아무렇지도 않았다. 그러다가 혹시나 하는 마음으로 인터넷을 뒤졌는데, 허걱! 최민수의 말이 맞았다. 미안하다는 전화를 해야 하나 말아야 하나.

이 침대에서 나갈 날이 얼마 남지 않았다. 지난 세 달 동안 이 침대에서 나는 어떤 꿈을 꾸었나. 이 침대로 어떤 이야기를 끌어들였나. 어떤 발칙한 상상을 했는가. 꿈의 노트를 뒤적거려 보니….

〈자클린의 눈물〉을 들었다. 아무도 내 노래를 듣지 않아도 좋다. 그래도 나는 내 노래를 부르겠다, 라고 말하는 러시아의 어떤 가수를 만났다. 차를 팔고 BMW 오토바이를 구입했는데 운전을 할 줄 몰라 쩔쩔 맸다. 베르나르 키리니의 소설에서 우리는 모두 미래의 고인이란 말을 듣고 웃다가 우울해졌다. 어떤 나라의 대통령이 쫓겨나는 장면을 텔레비전 화면으로 영화를 감상하듯 바라보았다. 하루는 종일 땅콩껍질을 깠다. 동쪽의 시인이 쓴 시를 오래 읽었다. 대낮에 하는 음주단속에 걸렸으나 허공으로 침대를 띄워 겨우 도망쳤다. 경찰차는 하늘을 날 수 없어서 다행이었다. 셋이 아닌 둘은 없다는 글을 〈줄 앤 짐〉에서 읽었다. 딱따구리가 온 힘을 다해 부리로 나무를 쪼는 걸 보았는데 마치 내가 온 힘을 다해 쉬지 않고 이빨로 고목을 쪼는 것만 같아 어지러웠다. 여자의 팬티는 나이고하를 떠나 앙증맞고 어여쁘다는 생각을 하며 잠에서 깨어났다. 라디오를 틀어놓고 그 얘기를 누군가에게 하자 이런 답변이 왔다. 팬티에 놀란 가슴 바이올린으로 달래는구나. 잡다한 꿈들이 안개처럼 흘러가는 새벽도 있었다. 베란다에서 겨울을 난 말벌 한 마리가 유리창에 붙어 있는 걸 보았다. 말벌…. 집이 없는 말벌. 말벌이라. 아침부터 우울해 술병을 잡았다. 도피를 갈망하는 모든 이들에게 바친다는 제사가 붙어 있는 영화를 보았다. 그리고 어느 봄날 오후, 마음이 잠시 일렁거렸다. 봄은 봄이었다.

이 침대에서 『마가리 극장』을 모두 꾸었다. 이제 다른 침대를 찾아 떠나야겠다. 긴 꿈이었다.

&

지난 세월의 꿈들이 실로 저러하였다. 마치 두더지가 돌 속으로 길을 내느라 손톱 발톱 이가 모두 닳아버린 것만 같으니. 언제 저 거대한 돌 속에서 빠져나와 녹음이 짙어가는 숲으로, 녹음이 잉크처럼 내려앉은 강변으로 원족을 갈 수 있을까. 생각해보니 참 재미 드럽게 없는 돌 속의 날들, 인생이다.

누렁이형, 이 집 주인은 대체 어딜 간 거야? 모르겠어. 집 나간 지 한 달은 된 것 같은데. 어디 밥이나 먹고 다니는지 모르겠다. 꿈을 수집하느니 어쩌니 하면서 술집에서 맨날 술만 푸는 거 아냐? 글쎄. 어디 절간에 틀어박혀 목탁을 두드리고 있는지도 모르지. 아냐, 여자들 꽁무니만 따라다니고 있을 거야. 흰둥아, 그래도 오래 못 보니 보고 싶지 않냐? 보고 싶어. 그래도 누구보다 우릴 귀여워해주잖아. 맛있는 거도 갖다주고. 맞아. 저번에 치킨집에서 먹다 남은 닭뼈도 한 봉다리 가져다줬지. 기름에 튀긴 닭 뼈라 그런지 맛이 남달랐어. 근데 누렁이형, 그 돈도 안 되는 꿈을 왜 찾아 떠도는 거지? 지금 세상에서 그게 대체 뭔 소용이 있다고. 흰둥아, 내 생각으론, 여러 까닭이 있겠지만, 종합해서 볼 때 한량이라서 그래. 한량이 뭔데? 건달 비슷한 거. 뜬구름 쫓아다니는 사람. 뜬구름은 뭐고 꿈은 또 뭐야? 흰둥아 하늘에 뜬 저 뭉게구름 좀 봐봐. 저런 게 꿈이야. 와, 멋있네! 누렁이형, 난 지금까지 밥그릇만 봤지 뭉게구름은 처음 봤어. 그러니까 이 집 주인은 저 구름을 타고 다닌단 애기잖아. 뭐, 그런 셈이지. 야, 대단하네! 저 구름을 타고 다니면 근사할 것 같아. 근데 흰둥아. 아마 처음엔 근사하겠지만 시간이 흐르

꽃의 뒷모습

지금껏 꽃의 앞모습만 봤다.

지금부턴 꽃의 뒷모습을 봐야겠다.

그런 꿈만 꾸기로 다짐했다.

아, 등이 간질거리네.

면 고독할 거야. 많이. 누렁이형, 뭉게구름만 계속 쳐다보고 있으니 배가 고파. 저녁 때 되려면 아직 멀었지? 방금 아침 먹었다, 이 시키야!

여수에 갔었다.

여수에 갔었다는 것을 자꾸만 잊어버린다.

여수에서 취했던 것 같다.

여수에서 우는 여자를 본 것도 같다.

여수의 바다는 한없이 고요해서 이상했다.

여수의 어느 방파제에서 물고기 한 마리를 낚았던가.

여수에서 은빛 갈치는 못 보고 갈치조림만 젓가락으로 파헤쳤다.

여수는 어느 여자의 이름인 듯도 했다.

여수에서의 첫날밤 낯선 이름의 소주를 마시고 코를 골며 잠들었다.

여수의 파도는 코를 골지 않았다.

여수에서 배를 타고 여수까지 갔다.

여수의 어느 섬 부두에서 우리는 전복 하나를 열어 소주 한 병을 비웠다.

여수는 떠나지 말고 며칠 더 있으라 권했지만 나는 야멸차게

여수에서 도망쳤다.

여수는 무서웠다.

여수는 길바닥에 앉아 있는데도 흔들렸다.

여수는 아주 멀리 있는 섬이었다.

여름 오후 우리는 까맣게 익어 떨어진 버찌를 밟으며 걸었다. 소복하게 쏟아져 쌓인 오디를 밟으며 걸었다. 물이 들어오지 않은 갯벌엔 작은 배 한 척 진흙 위에 주저앉아 졸고 있고. 여름 오후 우리는 진흙 속 자그마한 구멍 속에서 무수한 구슬을 만드는 게들을 보았다. 갯벌에 쪼그리고 앉아 호미로 꼬막을 캐는 아이도 보았다. 저공으로 날아와 진흙구멍을 들여다보는 갈매기 한 마리도 있었다. 여름 오후 우리는 모자를 쓰고 선글라스와 손수건으로 얼굴을 가린 채 옴마니밧메훔, 옴마니밧메훔. 자그맣게 더운 숨을 토해내며 바닷가 작은 길을 걸었다. 염전을 지키는 개 한 마리는 그런 우리를 물끄러미 바라보았고 장어양식장의 도사견은 사납게 짖기도 했다. 여름 오후 바닷가 작은 마을을 지날 때 평상에 앉아 있던 사내는 막걸리 한 잔 마시고 가라며 우리를 불렀다. 꼬막 창고의 여자는 '어메 징하네'라고 말하며 활짝 웃었다. 보행기를 밀고 가는 할머니와 그 뒤를 따라가는 할아버지의 얼굴엔 갯벌 같은 주름이 잡혀 있었다. 여름 오후가 다 지나갈 무렵 우리는 바닷가 소나무 숲에 둘러앉아 발바닥과 발꼬락 사이에 붙어 있는 진흙을 나무꼬챙이로 떼어냈다. 어디선가 종소리가 들렸고 우리는 눈을 감았다. 눈을 감으니 바다에서 건너온 바람만 가득했다. 옴마니밧메훔, 옴마니밧메훔. 먼 바다에서 아이들이 재잘거리는 윤슬 같은 목소리를 닮은 연꽃들이 피어나고 있었다.

눈이 눈을 밟는 소리.

눈이 눈을 쓸고 가는 소리.

눈 위에 발자국을 찍으며 걷다가 어디쯤에서 사라진 새의 소리.

겨울밤 먹을 것을 찾아 내려왔다가 발자국만 남긴 채 쓸쓸히 돌아간 고라니, 노루, 멧돼지, 호랑이, 여우….

눈이 눈 위에 내려앉는 소리.

눈이 눈을 지우는 소리.

들꿩 한 마리 눈발을 헤치고 날아가다 우는 소리.

눈 속에 파묻힌 개집 속에서 그 소리를 듣고 뛰쳐나온 개가 짖는 소리.

밤 깊어 그 모든 소리마저 삼켜버리는 눈.

등이 굽은 할머니들이 형광등 아래 둘러앉아 군용담요에 화투짝 내리치는 소리만 피어나는 밤.

먼저 내린 눈을 조금씩 누르는 나중 내린 눈.

눈이 눈을 팥빙수처럼 사각사각 퍼먹는 소리.

눈이 눈을 덮고 잠드는 소리.

꿈속까지 따라와 내리는 눈이 들려주는 옛날 이야기.

그 얘기를 듣다 벌떡 일어나 소주 한 병 마시고 다시 잠드는 밤.

눈사람이 되어 시린 발가락을 꼼지락거리며 따스한 방을 기웃거리는 꿈.

눈이 술병 위에도, 무덤 위에도 공평하게 내리는 밤.

문 창호지에 어른거리는 눈의 그림자를 보는 밤.

안개 자욱한 양배추밭 옆에서 잠들기 직전에 든 생각. 혹시라도 이렇게 잠들다 죽으면 아무도 내가 죽었는지 모르겠구나. 이불 속에서 홀로 썩어가겠구나. 시체에서 벌레들이 꼬물꼬물 기어나오겠구나. 누군가 나를 찾아 방문을 두드릴 때까지 이불 속에 누워 있겠구나. 뼈만 남은 채로. 그러다 잠들었는데 하룻밤 한 오십 번은 뒤척거렸을 것이다. 그때마다 꿈이 바뀌었는데, 그러니까 하룻밤에 한 오십 편의 악몽을 관람하였던 것인데. 저 안개 속을 여행하는 양배추는 그러거나 말거나 굵고 단단한 알을 꿈꾸었을 테고. 그러고 보면 생은 폭염이나 폭우가 아니라 일상의 지루함을 견디는 것이라는 자막을 마지막에 띄우고 팍 불을 꺼버리겠지. 퍽! 어느 날 갑자기 전등이 터져버리는 거겠지.

원주 33도, 강릉31도, 삼척 28도, 대관령면 33도, 춘천 32도, 제주시 33도, 서울 34도, 평양 25도, 함흥 25도, 혜산 21도, 카트만두 24도, 홋카이도 22도, 울릉도 29도, 그리고, 그리고, 그리고, 차마 온도를 잴 수 없는.

애인이 나를 장가보내려고 했다. 친구들이 그 모든 절차를 일사천리로 처리했다. 예식장은 물론 신부를 고르는 일까지. 나는 그저 따라가기만 하면 되었다. 애인은 나를 업고서 예식장으로 향했다. 얼마를 가다가 나는 그게 미안하고 눈치가 보여서 애인을 등에 업었다. 우리들은 모두 앞서거니 뒤서거니 예식장을 향해 걸었다. 나는 애인에게 정말 괜찮은 거냐고 물었는데 그녀는 괜찮다고 대답했다. 아무렇지 않다며 내 볼에 입을 맞췄다. 그녀의 머리카락이 바람에 날려 그 사이로 끼어들었다. 하지만 예식장이 가까워질수록 내 마음은 점점 무거워졌다. 애인에게 이래도 되는 걸까. 이게 인간이 할 짓인가. 그러나 급류처럼 내달리는, 예식장으로 달려가는 행렬에서 벗어나지 못했다. 이제와 모든 걸 취소시키면 친구들이 손해를 볼 것이며 성의를 무시한다고 화를 낼 것만 같았다. 애인의 어떤 배려 또한 알고 있었기에 더 답답했다. 저 멀리 예식장이 보였다. 나는 나와 결혼하게 될 신부의 얼굴조차 알지 못한다는 걸 비로소 눈치챘다. 신부는 친구들이 선정한 듯싶었다. 예식장에 들어가야 신부의 얼굴을 볼 수 있다니. 선뜻 예식장 건물로 들어가지 못하고 바깥에서 담배를 피웠다. 친구가 다가와 괜찮다고 말해주었다. 애인은 어디론가 사라져 보이지 않았다. 친구는 내가 입고 있는 옷을 보더니 그 옷을 입은 채 결혼식을 올릴 거냐고 물었다. 나는 고개를 끄덕였다. 정황을 보니 부모와 친척들은 참석하지 않는 우리들만의 결혼식이었다. 나는 평소 입던 옷을 입고 결혼식에 참가하고 싶다고 했지만 친구는 그럴 수 없다며 말을 잘랐다. 예식장 뒤편 방에 이미 예복을 준비해놓았으니 어서 가서 갈아입으라고 등을 떠밀었다. 내가 업고 온 애인은 어디로 사라졌을까. 점점 무거워지는 걸음을 옮겨 뒤편의 방을 찾아갔다. 방에는 양복 한 벌이 걸려 있었다. 그런데 옷을 갈아입으려고 바지를 벗으려 했으나 좀체 바지에서 다리가 빠져나오지 않았다. 진땀이 줄줄 흘러내렸다. 아무리 애를 써도 바지에서 다리가 빠져나오지 않았다.

그러다 잠에서, 꿈에서 깨어났다. 모든 게 일시에 사라진 풍경을, 아니 익숙한 내 방의 풍경을, 누운 채 묵묵히 바라보았다. 꿈을 복기하며. 그런데 애인의 심정도 알겠고 친구들의 배려도 고마운데 신부는 어떠했을까. 한번도 보지 못한 나를 기다리고 있었을 신부는. 꿈은, 아니 인생은 이래서 기이하다.

초등학교 저학년 시절이었다. 나는 '뽀빠이'라는 과자가 사먹고 싶으면 닭장 앞에 앉아 암탉이 알을 낳기를 기다렸다. 둥지 속의 암탉은 눈을 부릅뜬 채 나를 경계했다. 마침내 암탉이 알을 낳고 둥지에서 나와 알 낳았다고 유세를 떨 때 나는 재빨리 닭장으로 들어가 알을 훔쳐 나왔다. 그 따끈한 알을 손에 쥔 채 마을의 상회로 달려가 과자와 바꿔 먹곤 했다. 어느 날은 돌부리에 걸려 넘어져 알이 깨진 적도 있었는데 그 서러움은 이루 말할 수조차 없었다. 알의 난(계란파동)이 일어나니 그 기억이 떠올라 고향집으로 달려가 다시 알을 가져왔다. 닭똥이 군데군데 묻어 있는 알을. 다행히 이번에는 넘어지지 않았다.

내친김에 고향집 뒷문 밖에서 자라는 돌배나무의 돌배까지 가져왔다. 돌배에서 피어나는 향이 온 방에 가득하다. 이번에 담글 돌배술의 맛을 미리 짐작할 수 있을 정도다. 벌써 입에 군침이 돌고 있으니. 함박눈이 펄펄 내리는 겨울밤 향기 좋은 돌배술을 마실 수 있겠지. 그러다 술단지를 껴안고 잠들 테지. 잠에서 깨어나면 다시 돌배술을 마실 테지. 함박눈 위에 내리는 싸락눈을 바라보며.

알을 훔쳐 과자와 바꿔 먹던 시절 우리 집 주식은 강냉이밥이었다. 마른 강냉이를 맷돌에 타개 지은 밥을 강냉이밥이라 했다. 강냉이밥은 갓 했을 땐 고소하지만 식으면 모래를 씹는 것 같았다. 점심시간이 되면 창피해서 도시락을 꺼내놓을 수 없었다. 이밥을 먹고 싶었지만 그것은 명절 때나 먹을 수 있는 밥이었다. 이밥이 욕심이라면 정부미로 지은 밥을 도시락으로 싸가고 싶었다. 그래서 나는 그 시절 늘 삼 교시가 끝나면 밖으로 나가 몰래 도시락을 먹었다. 이밥을, 정부미밥을 싸온 친구들이 부러웠다. 강냉이밥이라면 치가 떨렸다. 그래서 나이 들어서도 삶은 강냉이를 먹지 않았다. 그런데 무슨 생각이 들었는지 어제는 아버지가 내민 강냉이 여섯 개를 받아왔다. 묘한 일이다.

나는 세상을 떠돌고 아버지는 평생 저 골짜기에서 김을 매고 계신다. 나는 아버지의 저 밭고랑 원고지를 따라갈 수 없다는 걸 비로소 알았다. 고향집 뒤란의 꽃들이 백일홍이란 것도 오늘 알았다. 어머니는 남의 집 일을 가셨고 나는 우편물을 챙겨들고 고향집을 떠났다. 백일홍. 백일몽. 백 년 동안의 꿈과 고독.

고향집 외양간에서 소가 사라진 지 오래되었다. 한 시절 내 꿈속의 길에서, 밭고랑에서, 도축장에서 피를 흘리며 뛰어다니던 소들도 이젠 보이지 않는다. 소들이 여물을 먹던 구유엔 잡동사니들만 가득하다. 소와 함께 살던 날들의 기억이 떠오른다. 술 취해 들어온 날 밤 외양간 앞에 앉아 어미 소의 눈을 오래 들여다보다가 뭐라고 계속 중얼거렸던 일. 밭을 갈다 지친 소가 오줌과 똥을 누는 모습을 뒤에서 멍하니 바라봤던 일. 폭설이 내리는 겨울밤 외양간에서 들려오는 소의 깊은 숨소리. 갓 태어난 송아지가 마당으로 아장아장 걸어나와 세상 모든 것에 신기해하던 그 눈을 바라보던 일. 송아지와 강아지가 서로를 경계하며 장난을 치던 풍경. 팔려간 송아지를 데려오라며 삼일 밤낮을 울다가 목이 쉬어버린 어미 소. 외양간에서 도망친 소가 집 앞 고속도로에 올라가 달리던 모든 차들을 정지시킨 일. 그 소를 데리러 갔을 때의 창피함. 마지막으로 기르던 소를 팔던 날 그 장면을 보지 않으려고 일부러 집을 비웠던 늙으신 아버지. 그 소들은 모두 어디로 갔을까.

사나운 수탉이 쫓아온다. 소풍을 가려고 들뜬 마음으로 집을 나서는데 수탉이 훼방 놓는다. 수탉이 나타나면 바람을 피우다가도 도망쳐야 한다. 수탉은 달리기선수보다 빠르다. 형사처럼 예민하다. 젖 먹던 힘까지 써야만 겨우 벗어날 수 있다. 중요한 시험을 치르는 자리에도 수탉은 어김없이 나타나 단단한 부리로 쪼아댄다. 지친 몸을 눕힌 병원까지 쫓아와 붉은 볏을 흔들며 난동을 부리니 어쩔 수 없이 팔뚝의 바늘을 뽑고 도망가야만 한다. 수탉은 가혹하다. 한번 걸리면 모든 게 아작 난다. 수탉은 어떻게 내 일거수일투족을 다 알고 있는 것일까. 수탉 없는 세상에 살고 싶다고 소리친 어느 저녁 하늘엔 거대한 수탉이 나타나 볏을 펼쳐놓았다. 마을에서 제일가는 사나이coq de village의 체면이 말이 아니다. 심지어 어떤 날은 도서관에 앉아 차분하게 자판을 두드리고 있는데도 수탉이 나타나 난장판을 만들었으니. 그러다보니 중요한 일이 생기면 우선 주변부터 두리번거리는 버릇이 생겼다. 언제 어느 곳에서 수탉이 달려올지 모르니. 온몸엔 수탉에게 쪼이고 긁힌 상처가 가득해서 짧은 옷은 입을 수조차 없다. 하지만 저 수탉. 언젠가는 삶아먹을 날이 있을 것이다. 아니, 수탉의 다리에 줄을 묶고 애완 닭처럼 끌고 다닐 날이 올 것이다. 비록 지금은 소설 속에 이렇게밖에 기록하지 못한다 하더라도.

"야, 대체 내가 뭘 잘못했다고 이러는 거야?"

온몸이 땀에 젖은 봉태는 의자 뒤에 숨어서 머리만 내민 채 수탉의 부리에 쪼이고 발톱에 긁힌 두 팔을 훑어보며 소리쳤다. 책상 위에 올라간 수탉은 매서운 눈으로 봉태와 보험설계사를 노려보기만 할 뿐 아무 말도 하지 않았다. 수탉의 더러운 발 옆에 놓인 전화기만 대신 따르릉거렸다.

고향인 오대산 아래에서 살다가 작업실 전세금이 쭉쭉 올라 쫓겨날 무렵 월정사에서 모 소설가를 위해 집필실과 문학관 비슷한 걸 제공할 거란 소식을 들었다. 기분이 더러웠다. 오늘 이시영 시인의 글을 읽으니 다시 그때의 기분이 떠올라 낮술을 마신다. 어느 소설가는 방 한 칸을 마련하기 위해 타관 객지를 떠도는데 어느 소설가는 절간의 스님들까지 발 벗고 나서서 모셔가고 있으니. 그리고 제발, 살아 있으면서 자기 관 미리 짜고 자랑하지 말았으면 좋겠다. 뭐가 그리 급한가.

전재와 문재 사이에서 휴대폰의 자판을 두드리고 있다. 어느 하루는 전재를 한번 넘고 문재를 두번 넘었다. 그러는 동안 안흥찐빵집의 연통에선 김이 무럭무럭 피어났다. 전재와 문재 사이엔 팥이 들어간 따스한 찐빵이 있다. 문재에 가면 멀리 치악산 꼭대기가 보이고 전재에 가면 찐빵 냄새가 풍긴다. 전재와 문재 사이의 어느 탁자 위엔 케냐AA가 담긴 커피 잔이 있다. 그 탁자 너머에선 볏이 붉은 수탉 한 마리가 눈을 부릅뜬 채 누군가를 노려본다. 수탉은 새벽 두 시 무렵에 울다가 세 시쯤 되면 지쳐 잠든다. 문재와 전재 사이엔 귀뚜라미가 많다. 귀뚜라미는 귀뚤귀뚤 울다가 마지막으로 귀뚜르르 울고 숨어버리는데 나는 늘 귀뚜라미를 놓치고 화가 나 귀뚤귀뚤 대신 울곤 한다. 전재와 문재 사이 옥수수 잎이 말라가고 고려엉겅퀴도 노파의 흰 머리처럼 사위어간다. 밤새 수탉에게 쫓기는 꿈을 꾸다가 움막에서 깨어난 새벽이면 구월의 개울이 피워 올린 안개가 자욱하다. 전재와 문재 사이엔 빈 술병만 가득하다.

♧

기다렸다. 저 안개의 문을 열고 무리에서 쫓겨난 멧돼지 한 마리 슬픈 눈동자를 이리저리 돌리며 걸어나오기를. 담배를 피우며 기다렸다. 끈적거리는 회색 물방울들 속에서 고라니 한 마리 주변을 살피며 걸어나오기를. 엽총에 탄환을 장전하며 기다렸다. 토끼 한 마리 술이 덜 깬 눈을 비비며 깡총깡총 뛰어나오기를. 수통의 밑바닥에 남은 술을 마지막으로 마시며 기다렸다. 도끼에 이마를 찍힌 황소 한 마리 길게 울음을 토해내곤 붉은 안개를 힘겹게 밀어내며 모습을 드러내기를. 망원렌즈에 오른쪽 눈을 붙이고 왼쪽 눈은 감은 채 기다리고 기다렸다. 수탉 한 마리 독수리처럼 날아와 날카로운 부리로 내 눈알을 쪼아 삼키기를. 기다렸다. 모든 걸 다 잊어버렸는데도 그저 기다렸다. 그러는 사이 총알이 녹슬고 총구가 녹슬고 두 눈이 녹슬고 마음마저 녹슬었다.

&

고향집에만 가면 저 수탉이 어느새 나타나 달려든다. 오늘 아침도 잠에서 덜 깬 채 마당을 서성거리다가 기습공격을 당했다. 화가 나 싸리빗자루로 후려쳤지만 도망치지 않았다. 아버지 말에 의하면 낯선 사람을 보면 달려든다고 한다. 한 삼 년 고향집을 떠났더니 나도 저 수탉에게 낯선 사람이 되었다는 얘기다…. 저놈의 수탉, 암탉 한 마리와 같이 사는데 엄청 잘해주는 것 같다. 암탉 주변에 누가 얼쩡거리는 걸 용납하지 않는다. 모이를 찾으면 암탉부터 먼저 부른다. 암탉이 알을 낳으려 둥지에 들어가면 그 주변에서 보초를 선다. 내가 보기엔 사랑이 아니라 의처증임이 분명한데…. 하여튼 저놈의 수탉 때문에 고향집 마당에서도 편하게 쉴 수가 없다. 집안에서 쫓겨나면 그나마 마당에서 담배라도 피우며 설움을 달랬는데 이젠 그마저도 할 수가 없으니. 서둘러 가방 챙겨들고 도서관으로 차를 몰았다. 살다 보니 수탉에게 쫓겨나기도 한다. 그게 인생인 모양이다.

☘

가시연꽃이 피었다가 진 자리. 사랑이라는 것도 저럴까. 반 세기 만에 피어났다는 가시연꽃을 보러 고갯길을 넘었는데 가 시연꽃은 벌써 오래 전에 졌다는 얘기만 듣고 돌아왔다. 오늘 밤에는 서리가 내리겠다.

☘

별어곡역別於谷驛에 왔다.

이별하기에 딱 적당한 날씨다.

이별보다 먼저 이 골짜기를 떠난다.

얼마 전 한 여인이 철로에 떨어진 휴대폰을 주우려다가 저세 상으로 떠났다는 얘기를 들었다.

별어곡에서 짧은 애도를 마치고 떠난다.

그런데 어디로 가야 할지 모르겠다.

☘

이렇게 멀리 있는 도서관을 찾아가는 일은 처음이다. 고개를 네 개나 넘을 때도 있다. 개울은 셀 수조차 없다. 몰려오는 졸음과 허기. 존 바에즈의 CD를 처음부터 끝까지 들어도 도서관은 아직 멀리 있다. 아침마다 오늘은 어느 길로 도서관을 갈까 고민한다. 운전을 하며 사과를 우적우적 씹어 먹는다. 털털거리는 트랙터를 어떻게 추월할까 기회를 엿본다. 늘 공사 중인 도로. 담배를 피우며 마지막으로 치닫는 길 옆의 단풍을 훔쳐본다. 차를 멈추고 사진을 찍기도 한다. 혼자서 보는 단풍이 못내 아까워 어떤 이에게 전송하기도 한다. 그래도 도서관은 아직 멀리 있다. 운전대를 잡은 채 간밤의 탁구를 떠올린다. 대체 왜 안 되는 걸까. 뒷자리에 실려 있는 탁구가방을 골짜기에 던져버리고 싶은 마음을 겨우 억누른다. 아마 버려도 한 이틀쯤 뒤에 다시 찾으러 갈 것이다. 멀리 있는 도서관으로 가는 길에 네 통의 문자를 받고 두 통의 전화를 한다. 어떤 날은 오십 분 만에 도서관에 가기도 하고 또 어떤 날은 한 시간 반이 걸리기도 한다. 한때는 너무 가까이 있던 도서관이었는데 지금은 헤어진 애인처럼 멀리 있다. 혼자 가는 도서관. 혼자 있는 도서관. 어느 날 책상 앞에 앉아 있다가 혼자 얼굴을 책 위에 올려놓고 죽을 도서관. 왜 매일 밤 꿈마다 나는 세상에서 가장 멀리 있는 도서관을 찾아가는 걸까. 간밤의 서리에 나뭇잎들이 일제히 목을 꺾는 시월의 마지막 날이다.

이 마을이 생긴 이후 처음으로 기찻길과 기차역이 생겼다.

며칠 전엔 자동차를 타고 가다가 시험운행을 하는 기차를 처음 보았다. 휙 나타났다가 휙 달아나는 바람에 차를 멈추고 사진조차 찍지 못했다. 그 대신 기찻길 옆 오막살이를 노래하던 시절과 하늘로 날아가는 은하철도 999를 떠올리는 수밖에 없었다. 기차가 있는 마을에서 살고 싶었던 게 어린 날의 꿈이었는데 아주 오랜 시간이 흘러 마침내 기차가 이 마을에 모습을 드러낸 것이다. 기차를 처음 타본 것은 초등학교 5학년 여름방학이었다. 버스를 타고 멀미를 두 차례나 하면서 흙먼지 날리는 대관령을 넘은 뒤 걸어서 강릉역까지 갔다. 당시에는 강릉에서 삼척까지 가는 비둘기호가 있었다. 오, 그 떨림이란! 기차는 길었다. 기차에서는 쇳내가 났다. 기차는 검은 굴을 빠져나갔다. 기차에서는, 세상에나, 과자와 음료수, 쭈쭈바, 삶은 계란도 팔았다. 기차는 서로가 마주보고 앉았다. 기차의 차창 밖에는 역시나 처음 보는 바다가 있었다. 기차는 굴로 들어가기 전과 나오기 전에 기적을 울렸고 열어놓은 차창으론 매캐한 연기가 들어왔다. 그러다가 나는 뭔가 이상한 점을 발견했다. 기차가 거꾸로 가는 게 아닌가. 역방향으로 앉았다는 걸 알아채지 못한 나는 급기야 창 밖으로 머리를 내민 채 토하고 말았다.

아폴리네르는 이렇게 말했다. 언젠가 기차가 너를 감동시키지 않게 될 날을 두려워하라. 나 역시 언젠가는 그렇게 되겠지.

봄날엔 목련을 보았고

여름엔 땀 흘리며 탁구를 쳤다.

여름 다음의 가을 어느 날은 계곡을 붉게 물들이는 단풍에 취하기도 했는데

달 밝은 어느 밤 만취했다가 일어나니 귀밑에 하얗게 잔설이 내려 있었다.

조만간 누에 한 마리 흰 눈 같은 실을 토해내며 구만리장천을 떠돌겠다.

눈이 오고

눈이 녹고

눈이 오고

눈이 녹고

눈이 오고

눈이 설고

눈이 오고

눈이 얼고

다시 눈이 내리고

밤 사이 고라니 한 마리 눈 위에 발자국을 남기고

발자국 위에 눈이 쌓이는데

골짜기 외딴 집 마당가의 늙은 목련나무는 꿈속에서도 쿨럭 쿨럭 기침을 쏟아낸다.

어제는 홍어 내기 탁구를 쳤다. 우리 팀이 졌다. 홍어를 잃고 홍어를 먹었다. 소주와 맥주를 섞어 마셨다. 취했다. 자정 넘어 대리기사를 불러 집으로 향했다. 그런데 이런 젠장! 지갑에 돈이 없었다. 할 수 없이 외상을 했다. 대리기사가 계좌번호를 문자로 보내주었다. 오늘 아침에야 계좌이체로 대리운전비를 보냈다. 살다 살다 대리운전비 외상을 하다니. 몸과 옷과 마음에 배어 있는 홍어 냄새를 내보내려고 불가마 안에 들어가 탁구에 대한 명상을 한다. 앞으로 명상 탁구를 칠 생각이다.

내일모레 개통하는 진부역에 갔었다. 주차장과 대합실을 둘러보았다. 시간표와 운임표를 들여다보았다. 진부역에서 기차를 타고 갈 수 있는 곳들을 하나하나 중얼거렸다. 진부역에서 가장 가까운 역은 오대산 북대역이고 가장 멀리 떨어진 역은 네팔 안나푸르나와 가까운 포카라역이었다. 나는 열차시간표 아래에 서서 담배를 피우며 가장 멀리 있는 역과 가장 가까이 자리한 역의 이름을 오래 흡입하고 내뱉다가 저승사자 같은 옷을 입은 역무원에게 강제로 끌려나왔다. 죄명은 공공장소 흡연법위반이었다.

안개 자욱한 새벽, 바다와 육지의 경계선에서 저 여자들은 무슨 얘기를 나누고 있을까.

자동차의 시동이 걸리지 않아 공장에 갔더니 점화플러그가 모두 닮았다고 한다. 덕분에 처음으로 자동차의 엔진 속을 들여다보았다. 10년 동안 검게 그을린 내부. 정비기사가 말하길 차는 잘 나왔는데 주인을 잘못 만났다고. 맞는 말인 듯했다. 그동안 저 자동차를 타고 많은 곳을 돌아다녔다. 심지어 제주도까지 끌고 갔다. 여객선까지 타본 차인 것이다. 옆자리와 뒷자리에 꽤 많은 사람들이 탔다가 내렸다. 언젠가는 오대산 상원사에 갔다가 비구니 두 분을 태운 적도 있다. 젊은 비구니와 나이 지긋한 비구니. 그분들은 차에서 내릴 때 고맙다며 한라봉 두 알을 뒷자리에 두고 내렸다. 어느 겨울엔 장 시인, 유 시인, 김 소설가 등이 탔는데 눈길에 미끄러져 길옆 논으로 날아갔지만 정확한 착지 덕분에 아무도 다치지 않았다. 그리고 또 누가 탔으며 어떤 일이 벌어졌는가. 기름이 떨어져 차가 멈춘 적도 있었고 깊은 밤 농로를 달리다 밭둑에 올라탄 적도 있으니. 대관령, 한계령, 진부령, 미시령, 진고개, 삽당령, 문재, 전재, 여우고개, 비행기재…. 이루 헤아릴 수 없는 고개를 넘어 나를 도서관 앞에, 고향집 앞에, 애인이 사는 집의 창 밑에 데려다주었다. 그런데 이제 조금씩 아파하는 것 같다. 자주 쿨럭거린다. 더 자주 몸살을 앓는다. 올해 안에 30만 킬로미터를 채울 것 같다. 그날이 오면 성대한 잔치를 열어주어야겠다.

하룻밤 사이에 무덤과 침실을 아흔아홉 번이나 쏘다니고 있으니.

이 마을사람들은 밤이면 탁구장에 모여 치킨 내기 탁구를 친다. 자정이 될 때까지. 그리고 치킨집으로 달려가 소주와 맥주를 섞어 마신 뒤 비틀비틀 집으로 걸어간다. 그 와중에도 라켓 없는 오른손으로 드라이브 연습을 반복한다. 밤하늘에 뜬, 탁구공 같은 보름달을 바라보며 걷다가 가끔 넘어지기도 하며.

눈이 내리는 날은 늦잠을 잔다.
창밖의 눈송이 하나하나가
잠든 내 몸에 깃털처럼 내려앉다가
급기야는 눈사태로 쏟아지니 잠에서 깨어날 수가 없다.

멀고 먼 북구에서 온 꿈수집가를 만났다(공식 직함은 평창동계올림픽 사진기자다). 그녀는 어떤 꿈을 카메라의 검은 방에 채집하고 있는 걸까. 호기심을 참을 수 없어 모든 일을 팽개

치고 오전 내내 미행하다가 대관령 옛 길을 타고 돌아왔다.

집은 좁고 들어가 살 식구는 너무 많으니. 그건 컬링일까, 인생일까?

노르웨이 선수들은 스키를 신고 태어난다는 말을 들었다. 그 말을 듣자 시린 손가락과 발가락이 조금씩 따스해졌다. 나는 뭘 신고 태어났을까. 맨발로 태어나 맨발로 가는 게 인생이라고 말한 사람이 누구지?

어쩌면 이번 겨울의 마지막 눈 사진일지도 모른다는 생각에 차를 끌고 횡계로 갔다. 저물기 직전의 풍경을 말없이 바라보다가 돌아왔다. 돌아오면서 생각했다. 아냐, 눈은 또 퍼부을 거야.

지붕 위에 눈이 쌓이던 날부터 『뭇 산들의 꼭대기』란 소설을 읽기 시작했는데 어느덧 눈은 모두 녹고 창밖에서 새 소리가 들린다. 나는 콧물을 낙숫물처럼 주룩주룩 흘리고.

휴대폰 앨범을 뒤적거렸지만 지난 봄날의 사진은 단 두 장뿐이다. 모두 삭제해버린 모양이다. 여름과 가을에게 밀리고 마지막 자리를 겨울에게 내준 것이겠지…. 정선 동강 근처에서 다시 복사꽃이 피어나고 원주 회촌의 미루나무에 연둣빛 잎이 돋아나면 평창 알펜시아 스키점프대의 절벽에 매달려 겨울잠을 자던 말벌들도 하나둘 붕붕거리며 날아오르겠지. 커트 보니것의 표현대로, 뭐 그런 거지.

요즘 일본의 노인들은 외로워서 감옥에 간다고 한다.

어두워질 무렵이면 나는 원주 살구둑 북촌 근처에서 자주 서성거리다가 돌아온다.

북촌에서 오대산 북대를 생각하면 늘 아득하다.

마지막으로 북대에 간 게 언제인지 떠오르지 않는다.

고향의 복사꽃처럼
인생은 늘 동사서독이다.

"우리 사이에 있는 당나귀처럼 우리는 이 세상에 속하며, 걸음을 조심스레 내딛어 어디로 가는지도 알고 있습니다. 문제는 우리가 어디에서 와서 어디로 가는지에 대해 그렇게나 많이 연구하는 사이 우리가 그림이라는 점을 잊는다는 겁니다./ 당나귀의 눈에 가득한 호기심, 우리 눈에서 볼 수 있는 악마 같은 반짝임…/ 당나귀의 사랑스런 모습./ 수백 년 전 어느 날 우리 셋과 당나귀가 마치 이야기에 나오는 것처럼 길을 가고 있을 때 어떤 화가를 만나고 신께 감사하게도 기예가 출중한 화가는 우리를 사진 찍듯이 그 순간을 즉시 종이 위에 포착한 겁니다./ 우리 셋과 당나귀가 길을 가는 모습은, 어떤 잊힌 이야기의 어떤 순간을 재현하고 있나요? 우리는 누구인가요?/ 우리가 아주 먼 아시아의 어떤 곳에서 길을 나서 걸어가고 있을 때, 우리 셋과 당나귀는 화가를 만나서 그림으로 옮겨졌습니다. 이것은 당신도 알고 있지요. 그림은 바로 당나귀 뒤에서 흔들거리며 걸어온 친구의 품에 있는 작품집 안에 있습니다./ 많은 세월이 흐르고, 이주, 패배, 재앙이 있는 후 이야기들은 잊혔습니다. 이야기들을 기억하기 위해 그린 그림들도 흩어지고 말았습니다. 우리 역시 우리가 어디에서 왔는지 잊고 말았습니다./ 우리가 어디에서 왔고, 누구이며, 어디로 가는지, 누가 우리를 그렸는지에 관한 소문이 많다는 것이 우리를 뒤숭숭하게 만듭니다."

— 오르한 파묵

봄날에 꿀을 받고
개꿀을 안주로 맥주를 마신다.
작년 봄 산골짜기의 벌통에 벌이 든 줄 모르고 방치했는데
며칠 전 동네아저씨가 그곳을 지나다가 발견하고 알려줬다.
꿀이 녹아 벌통 밖으로 흘러나오고 있다고.
아버지는 부랴부랴 산골짜기로 달려가 벌통을 들고 왔다.
집안에 꿀 냄새가 진동하는 봄밤이다.

오월이 되자 골짜기 아버지의 빈 벌통에 벌이 붙었다. 씨앗이 땅에 붙듯이. 물고기가 방파제에 붙듯이. 여기저기서 새들이 노래한다. 붙는다는 거 은근 신나는 일이구나. 귀신이 붙지만 않는다면. 나도 한때 밥풀로 편지봉투와 우표를 붙여 벌통 같은 우체통에 넣은 적이 많았다. 잘 날아갔을까. 오월의 끝자락이다. 만사가 귀찮다. 아무것도 하기 싫다.

열반한 스님처럼 재가 될 깜냥은 못 되니 여행이라도 가야겠다.

"천방지축 기고만장 허장성세로 살다보니 온몸에 털이 나고 이마에 뿔이 돋는구나. 억!"

— 설악산 오현 스님 열반송

나는 왜 제주에 가지 못하고
완도, 여수, 통영을 배회하는 걸까.
내가 타고 온 늙은 노새는 항구의 그늘 아래에서 잠들었고
나는 통영 여자가 끓여준 커피나 홀짝이고 있다.
사는 게 늘 이 꼬라지(꼬락서니)다.

낮에는 타자기를 두드리고 밤에는 독일 맥주와 소시지나 먹으며 한동안 투숙하고 싶은 곳, 남해 독일마을. 더러 연애도 하면서. 그나저나 이러다 정말 제주도에 못 갈 것만 같으니.

나도 자그마한 다랑이논 하나 갖고 싶으나….

〈신과 함께〉 '인과 연'을 폭염 덕분에 보고 나오면서 든 생각.

저승도 학연, 지연, 혈연이구나. 다시 가만히 생각하니 이승과 저승의 합작 막장드라마인 듯도 싶다. 알고 보니 형이고, 아버지고, 도와주었던 여진족 소녀고.

그는 가고
나는 장례식장에서 슬리퍼를 신고 강원도로 돌아왔다.
선생님, 다시 와서 제 신발을 돌려주세요.
그곳은 너무 멀어요.

우회로공사 때문에 집이 헐린다는 통보를 받은 아서 덴트. 거기에 더해 초공간 고속도로 건설로 지구가 파괴될 거란 소식마저 접한 아서는 우연찮게 우주선을 히치하이크하면서 지구의 마지막 생존자가 된다. 아서 덴트는 목욕가운 차림으로 우주를 여행하는데, 어느 날 자신이 거주하는 행성의 동굴로 돌아가던 중 우주선 한 척이 착륙한다. 그 우주선에서 내린 외계인은 아서 덴트에게 다짜고짜 이런 말을 한다.

"네 놈은 머저리야, 덴트."

"에…."

"네 놈은 머저리, 병신이야."

"에…."

"구제불능성 쪼다라고."

그리고는 다시 우주선을 타고 저녁하늘로 사라진다. 마침내 말문이 트인 아서 덴트가 펄쩍펄쩍 뛰며 하늘을 향해 욕설을 토해내지만 어떤 대답도 돌아오지 않는다. 주변엔 말을 들어줄 사람도, 말을 걸어줄 사람도 전혀 없다. 음…. 아니 비싼 돈 들여 우주를 날아온 우주선에서 내린 외계인이 고작 저 세 마디만 던져놓고 가버린단 말이야! 저게 우주의 유머이고 페이소스란 말인가. 우주도 실상은 저렇게 권태롭단 말인가. 『은하수를 여행하는 히치하이커를 위한 안내서』를 읽다가 나도 모르게 웃음을 터뜨리고 말았다.

☘

고향집에 가서 술을 마시며 야구와 축구를 보았다. 회와 회 사이, 전반전과 후반전 사이, 밖으로 나와 검은 구름이 가득한 하늘을 보며 담배를 피우고 오줌을 누었다. 집 옆 밭에서 날아오는 대파 냄새가 가득한 밤이었다. 파하하하!

☘

그러니까 저기까지 갔다가 여기로 돌아와 밥 몇 숟가락 뜨고 술 몇 잔 마시다가 다시 저기까지 가서 눕는 인생. 저기는 어디이고 여기는 어디인가?

조카가 결혼을 했다. 결혼식에 들렀다가 밤엔 산 아래 스키장 옆에서 잠들었다. 오전에 고향집을 잠시 찾아갔더니 엄마는 검은콩을 털고 아버지는 밭둑에서 나무를 하고 있었다. 고향집으로 배달된 소설집과 시집을 들고 원주 토지문화관으로 돌아왔다. 사는 게 그런 것 같다. 늦가을 어느 날 콩을 털고 나무를 하는 거.

첫눈
내리는
밤의
박경리 선생님 동상.

우리는 따뜻한 방에서 취해가고 꿈을 꾸고 노래를 듣고 아주 가끔 글을 쓰고.

오래 전부터 나는 단편소설의 제목을 「당나라군대」로 해서 소설을 쓰고 싶었으나 막상 시작하려 하면 홍미가 떨어지곤 했다. 최근에 김풍기 선생이 읽은 「오언당음」 중에서 영호초의 종군행에 다시 눈길이 멈췄다. 내용을 보니 어떤 당나라 군인이 변방으로 떠나는 이야기다. 다시 「당나라 병졸의 노래」란 제목으로 소설을 쓰고 싶은 생각이 들었다. 고람 전기田琦가 그린 〈매화초옥도〉를 다시 눈여겨보았다. 조용미 시인의 시집 『기억의 행성』 뒤표지를 읽다가 검색을 해서 찾아낸 그림이다. 산은 아직 눈에 덮였는데 계곡에는 매화가 만발이다. 한 사내는 집에서 매화에 빠졌고 붉은 옷을 걸친 사내는 왼쪽 어깨에 악기를 걸친 채 계곡으로 향하고 있다.

당나라군대의 노래와 저 매화초옥도가 왜 갑자기 내 눈에 들어온 것일까…. 북풍이 불고 눈보라가 사나운 새벽 변방을 떠도는 병졸의 아주 짧은 꿈인가. 그런 겨울이 시작되려는 모양이다.

아 당연하게도 내가 쓰려 했던 소설은 당나라 병졸의 이야기는 아니다.

그저께 밤 닭 한 마리 튀겨 고향집에 갔다. 맥주 두 병을 곁들여 마시고 잠들었는데 눈이 내렸다. 눈은 잠든 사이에 내린 눈이 가장 눈을 크게 뜨게 만든다. 돌배나무 가지에서, 뒷밭에서, 뒷산에서, 소나무 가지 위에서 눈은 얼마 전 결혼한 정선 조카의 하얀 드레스처럼 눈부시게.

하루 낮 동안 청와대와 경복궁, 그리고 그 뒷산의 위치를 훔쳐보다가 돌아왔다. 몹시 추운 날이었다. 내가 입고 간 옷은 추위를 막기엔 너무 허술했다. 술 한 잔 마시지도 못하고 탈선한 열차 때문에 지연될지도 모른다는 기차를 타고 서둘러 돌아왔다. 긴 겨울잠을 자기 위해선 심사비가 담긴 봉투 두께가 너무 얇지만 어쩔 수 없다. 감자와 옥수수를 가지고 동굴 같은 텐트 속으로 들어간다.

어떤 꿈을 꾸다가 깨어났다. 문득 영월 창령사지에 가고 싶어졌다. 신림, 봉양, 제천, 쌍용을 지나 찾아간 창령사지는 자그마한 골짜기 끝, 마가리에 자리잡고 있었다. 그곳의 가건물에 사는 노인 한 분을 만나 이야기를 들었다. 500 아라한을 처음 발견한 분인데 눈빛이 묘했다. 강아지 한 마리가 절터를 둘러보는 나를 따라와 재롱을 부렸다. 500 아라한 중 한 분 같다는 생각을 나중에 했다. 그곳에 묻혀 있던 아라한들은 무슨 이야기를 나누며 긴 세월을 견뎠을까. 땅속에서 춘천박물관으로 거처를 옮긴 아라한들은 또 어떤 이야기들을 나누며 겨울밤을 건

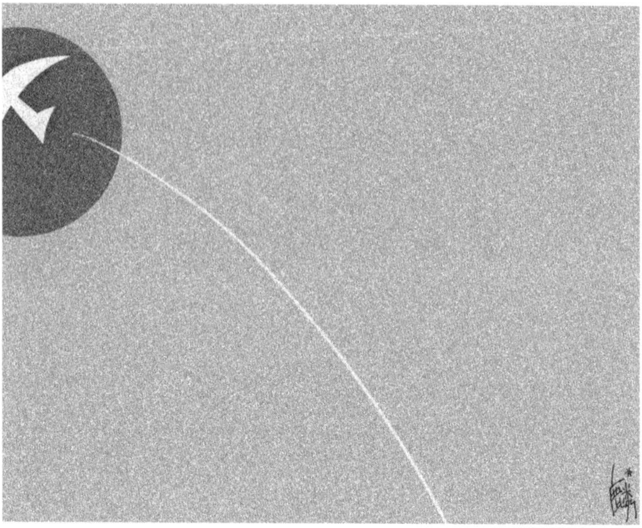

꿈은 새랑 비슷해. 날아가기 전에 붙잡아야 하지.

— Bernard Werber

너가고 있을까.

한우의 고장 횡성의 시골극장에서 〈말모이〉를 봤다. 영화가 시작되기 전, 그 유명한 사자 대신 소가 울었다. 소는 배가 고플 때, 일이 힘들 때, 새끼를 부를 때 운다. 모두 그렇지는 않겠지만 어떤 울음은 기다리던 말을 가져다주는 것도 같다. 오늘은 시골 극장의 구석에서 울고 싶은 날이었다. 아니 웃고 싶었던가.

어느 시절엔 부처가 앉았고.

어느 시절엔 불이 앉았고.

또 어느 시절엔 새가 앉았고.

그것뿐이겠는가.

바람 비 눈 그리고 어느 시절엔 잠자리 두어 마리 앉아서 졸다가 갔겠지.

그 돌 위에 꽃이 피었다.

원주 부론 거돈사지居頓寺址의 깨어진 돌 좌대는 지금 어느 시절을 살고 있는 것일까.

콧물을 줄줄 흘리며 돌배술이 든 주전자를 들었다가 놓기를 반복했는데 나흘이 지나가버렸다. 고향집 뒤편의 돌배나무는 내가 태어나던 해에 뒷산에서 옮겨 심었다는 말을 듣고 한동안 멍한 기분이었다. 돌배가 열리기 전엔 그 나무가 집 뒤편에서 자라고 있는 것조차 모르고 있었다는 얘기다. 아마 나는 열매가 익어가는 다른 나무들에게 눈길을 주었을 테지. 그 나무들이 모두 사라진 뒤에야 비로소 돌배나무를 본 거겠지. 그게 뭘까?

이현수 소설가의 산문집 『아는 사람만 끼리끼리 먹는』에는 미각에 대한 이런 단상이 있다. "그런가 하면 나이에 따라 미각도 달라진다. 십대와 이십대는 단맛에 홀리기 쉽고 삼십대와 사십대는 신맛이 당기고 오십대는 쓴맛에 혀가 움직인다. 이토록 간사한 혀와 입맛이라니…." 그래, 그렇겠지. 인생이 그러하듯이. 지난 1월 24일에 사인을 하고 발송한 책이 이제야 도착했다. 그것도 윗마을 어느 집 현관에 도착해 있었다. 문학동네에 있는 고향집 주소의 지번은 왜 562번지로 되어 있을까. 원래는 561번지였다가 언제부턴가 616번지로 바뀌었다. 한진택배 대관령지점의 기사는 전화를 걸어도 받지 않았다. 걸고 또 걸어도. 패주고 싶었다. 하여튼 춘궁기인 이월에 이 책을 넘기다보면 침 꽤나 삼키겠다. 어쩔 수 없지.

평창 발왕산 꼭대기에 갈매나무가 있다는 친구의 말을 듣고 찾아갔다. 나무 한 그루 보려고 산꼭대기까지 올라가는 일도 있다니. 산꼭대기 식당에서 밥을 먹고 맥주를 마신 뒤 갈매나무를 찾았다. 고목 수준의 갈매나무는 줄기가 갈라진 채 산꼭대기에서 겨울을 나고 있었다. 그 나무 주변을 서성거렸다. 멀리 고루포기산, 가리왕산, 황병산, 노추산, 오대산이 보였다. 가까운 곳엔 스키와 보드를 타고 산을 내려가려는 사람들이 북적거렸다. 갈매나무는 잎 없이, 열매 없이, 며칠 전 아주 조금 내린 눈밭에 서서 바람이 들려주는 백석의 시에 가만히 귀 기울이고 있었다. 나는 걸어서 산을 내려갈까 하다가 친구의 말을 듣고 이내 포기했다. 곤돌라에 설치된 블루투스로 노래 세 곡을 들었다. 마지막 노래는 파바로티가 부른 〈남 몰래 흐르는 눈물〉이었다. 그래. 그냥 견뎌보기로 했다. 다들 그렇게 살고 있는 거니까.

막상스 페르민의 『눈』을 읽었다. 아니 보았다. 유코는 이렇게 말한다. 눈 설 자를 쓰는 만 가지 방식이 있다고….

이 책의 흠은 마지막 페이지 역자의 말이다. 역자는 눈 설 자는 알지만 눈은 모르는 게 분명하다. 그렇다면….

오, 이 소설 괜찮다!

이 소설을 모두 읽은 뒤 서울에 가야겠다.

서울에서의 한 달은 어떤 한 달일까.

서울의 모던걸들을 훔쳐보며 삼월을 탱자탱자 건너갈 테지.

서울에서 멀리 떨어진 강원도 산골짜기의 오래 전 어떤 이야기들을 끄적거리겠지.

어느 날 하늘에서 비린내가 진동하는 바닷고기들이 뚝뚝 떨어졌던 산골짜기 이야기를.

『섬에 있는 서점』의 마지막 부분에 이런 구절이 있다. "나는 신을 믿지 않고, 종교도 없다. 하지만 내게 이 서점은 이승에서 교회에 가장 가까운 곳이다." 이 소설의 인물들은 또 이렇게 중얼거린다. '서점이 없는 동네는 동네도 아니다.' 이 소설은 대학 시절 고향을 찾아가면 들르곤 했던, 침침한 조명의 중앙서점을 떠오르게 만든다. 얼마 되지 않은 소설책과 시집들이 꽂혀 있었던 중앙서점. 지금은 사라진.

어떤 이야기가 숨어 있을까.

서울의 어느 방에서 먼 곳의 이야기를 끄적거린다.

당귀, 강활, 천궁 냄새가 피어나는 이야기를.

먹태의 눈알이 이렇게 맛있다니.

앞으론 먹태의 눈알만 보기로 했다.

천방지축 날뛰던 시절 선생님이 우리들과 모였을 때 불렀던 유일한 노래가 〈이별의 종착역〉이었다. 그 사실을 까맣게 잊고 있다가 엊그제 꿈에 선생님을 만났다. 몸이 불편한 선생님과 어느 유원지로 소풍을 갔는데 선생님은 그 와중에도 종이에 무엇인가를 적고 있었다. 얼핏 훔쳐보았는데 한 낱말이 홍매화였다. 그러다 모두들 떠나갔고 나만 홀로 남아 전전긍긍하고 있는데 아드님이 나타나 선생님을 업고 갔다. 나는 꿈에서 깨어나 술을 홀짝거리기 시작했는데 문득 그 옛날 선생님이 불렀던 유일한 노래가 떠올랐다. 이,별,의,종,착,역.

어제는 서쪽 바다를 기웃거렸다.
모래바람이 불었다.
그 바람이 대신 담배를 피웠다.
며칠 후면 동쪽 바다를 기웃거리겠지.
사는 게 마치 차가운 김밥 두 줄을 우적우적 씹는 것 같다.
어쩌겠는가, 그래도 씹어야지.

서울에서의 봄날 한 달은
목련치마의 향연이었다.
안녕.
돌아가면 다시 대관령의 눈이 나를 반겨주겠지.

이럴 줄 알았다.
고향의 봄은 아직 멀었다.
밤눈은 이번 삶을 경매에 붙이겠다는 듯 내린다.
내가 할 수 있는 일은 그저 소주 한 병 마시고
그래 할 테면 하라고 비틀거리는 게 고작이다.

고성 친구 집에 갔다가 돌아왔다.

산불이 지나간 자리는 이루 말할 수 없이 황량했다.

그저 바라보다가 돌아왔다.

오 년 동안 원주를 배회했는데 저 목련과 파란 지붕의 집이 그나마 마음에 든다. 매년 목련이 필 때면 나도 모르게 저 나무 근처를 지나다가 멈춘다. 철창 속의 흰 개 한 마리도 목련처럼 보였다. 돌아오는 길에 아니 에르노의『사진의 용도』를 구입했다. 띠지에는 이런 글이 적혀 있다. "처음으로 그 모든 것을 사진으로 찍어야만 한다고 생각했다. 욕망과 우연이 낳은, 결국 사라져버릴 이 배열을." 그래, 그런 거겠지.

밤의

벚꽃은

무섭다.

꽃 너머에 무엇이 있을까.

한지로 만든 호랑이 베개는 나쁜 꿈을 삼킨다고 한다. 또 무엇을 삼켰다가 단강의 저녁노을에 풀어놓을까. 설마 베개를 베고 누운 사람까지.

고향집 뒷산 능선에서 잠시 땀을 식히며 막걸리 한 병을 비웠다. 두릅을 따는 일은 개고생이었다. 가시에 찔리고 벌레에 물리고 미끄러져 넘어지면서도 두릅을 찾아 산을 넘고 골짜기를 헤맸다. 산을 내려오면서 아버지의 벌통을 보았는데 아직 벌이 붙지는 않았다. 고향집 뒤편의 돌배나무가 환하게 꽃을 피운 봄날이었다.

희양산 아래, 일 년에 하루만 문을 여는 절간의 돌 속에서 흘러나오는 아름다운 노래를 듣고 돌아왔다. 그런데 돌아오면서 그 노래를 잊어버렸다. 절간의 문이 열리려면 일 년을 기다려야 하는데.

고향에 가서 전나무 두 그루를 보았다.

그 사이.

두 사람은 허리가 굽었다.

한 사람은 낮술에 취했다.

꼬맹이는 기저귀에 응가를 했다.

또 한 사람은 이곳저곳에서 담배를 피웠다.

다른 한 사람은 공이막국수를 샀다.

그 아들은 종달새란 이름의 담배 두 포를 건넸다.

그 아들의 아내는 꼬맹이에게 신발을 신겼다.

나는 조카가 사준 얼음커피를 빨았다.

조카는 시원한 맥주 한 잔이 그리운 표정이었다.

다른 두 사람은 대관령 너머 강릉과 주문진에 들러 골뱅이와 물고기를 사왔고.

그렇게 나무 두 그루 사이를 돌다가 하나둘 떠나갔다.

유월의 첫날과 둘째 날 사이에 벌어진 일이었다.

아버지 생일이었다.

김남일 소설가의 『수원을 걷는 건, 화성을 걷는 것이다』를 읽었다. 내게도 수원에서 살던 시절이 있었다. 수원이 고향인 소설가가 호명하는 장소들이 그동안 닫혀 있었던 내 기억의 방문을 열게 만들었다. 수원에서 만났던 사람들, 가보았던 장소들.

소래포구를 향해 뒤뚱거리며 달렸던 마지막 협궤열차. 동해와 달리 가도 가도 멀기만 했던 서해바다. 방화수류정에 앉아 불렀던 한밤의 노래. 경기대 근처 공동묘지에 모여 마셨던 술. 지동시장의 순대와 소주. 남창동 작은 구멍가게 앞에 놓여 있었던 평상. 팔달산의 뻭치기 녀석들. 도청 앞과 인계동 뉴코아 근처의 낡은 자취방. 봄날의 팔달산 벚꽃. 소설이란 걸 쓰려고 지하 카페의 백열등 아래에 앉아 끙끙거렸던 시절이다. 그곳 〈아그리파의 시선〉으로 찾아왔던 사람들. 그리고 불쑥 들이닥친 구제금융의 시절. 나는 학원강사 이력서를 들고 수원 일대를 서성거리다 결국 대관령으로 돌아오고 말았다. 그리고 수원을 기억 속의 가장 구석방에 가두고 문을 잠가버렸다. 수원을 잊어버리고 싶었기에.

그러니까 김남일 소설가가 인편에 전해준 저 책이 수원에서의 칠 년이 들어 있는 구석방의 문을 예고도 없이 벌컥 열어젖힌 것이다. 그 시절 쓴 단편소설 중 하나의 제목은 「성, 섬」인데 아직 묻어두고 있다. 그것마저 꺼낼까, 말까.

그리고 세월이 흘러 수원 근처에 자리한 대학의 대학원을 들락거렸는데, 그 시절의 사람들은 대부분 수원을 떠난 뒤였다. 아주 가끔, 남아 있는 사람들을 만났으나 나는 말을 아꼈다. 그 자리엔 처음 보는 사람들도 있었다. 그 중엔 타인이 쓰다버린 눈(안경)을 모아 새로운 세계를 연출하는 작가가 있었다. 선머슴 같았는데 그 내면이 한없이 깊고 넓었다. 그 만남은 행운이었다. 수원이 조금 좋아졌으니까.

수원은 내 청춘의 어떤 정류장이었다.

요즘 매주 월요일은 거돈사지에서 죽치고 있다.

수술에 들어간 탑은 위독해 보인다.

그러거나 말거나 잠자리들은 허공의 침대에서 부지런히 사랑을 속삭이고.

앞산에서 우는 멧비둘기 수놈.

뒷산에서 가끔 우는 들꿩.

담배를 피우다 문득 떠오른 생각.

장소를 잘못 골라도 한참 잘못 골랐구나.

어쩌겠는가.

멀리 할머니 한 분 뒷짐을 진 채 칠월을 건너가고

그 옆에는 커다란 돌거북 한 마리 비석을 등에 지고 염천을 어기적어기적….

기타 줄이 고성 산불에 타버렸으니
파도야
네가 대신 연주해주렴.
나는 노래를 멈출 수가 없으니.

서쪽에 사는 장의 거처인 '이두吏讀'에 가서 익어가는 매실을 따다가 향기에 취해 잠들었다. 장의 손님용 나무침상에 누워 잠들었는데 자고 일어나니 어떤 벌레가 배에 북두칠성을 그려 놓았다. 집에 돌아와 북두칠성에서 진동하는 파스 냄새를 맡으며 매실을 넣은 단지에 술을 부었다. 두 단지에 술을 채우고 남은 술을 마시다가 떠오른 생각. 많은 이야기가 저 단지 속에서 나왔다가 흔적도 없이 사라져버렸구나. 기록된 이야기마저 먼지에 덮여 책꽂이에서 시들어가고. 그 뒤를 곧장 따라온 생각. 술단지 안에서 아직 나오지 않은 이야기, 그 이야기를 꿈꿀 때가 가장 행복했고 앞으로도 행복하지 않겠는가. 초여름의 매실이 이렇다면 늦여름의 돌배는 또 어떠할까 상상하며 북두칠성에 파스를 바르고 잠들었다.

살아계실 때도 그랬지만
돌아가신 뒤에도 꿈속에서 그와 더 많이 놀았다.
살아계실 때의 꿈속에서 그는 나를 상징적으로 압박하는 위치였는데
돌아가신 뒤의 꿈속에선 언제나 아픈 모습이었다.
살아계실 때 그의 꿈을 꾸면 로또를 사듯 글을 끄적거렸는데
돌아가신 뒤에 그의 꿈을 꾸면 다음날은 어김없이 취해야 했다.
늘 그렇지만 마지막 문장이 떠오르지 않아 홀로 술을 마신다.

서부개척시대 때 미국의 시골 처녀들은 사내들이 장작을 팬 뒤 어떻게 장작가리를 쌓는가를 놓고 성격을 파악했다고 한다. 좋은 신랑감을 고르는 기준 가운데 하나가 바로 장작가리의 모양이었다고. 그런데 어느 집을 가니 겨울이 닥쳤는데도 장작가리를 찾아볼 수가 없었다. 그 집 사내는 그 후 어찌되었을까. 은행강도가 되지는 않았을까. 산에 가서 나무를 하고 도끼로 패고 쌓는 게 귀찮아 석탄보일러를 만들었을지도 모른다. 그러고 보니 지난 시절 내가 쌓은 장작가리는 거의 대부분 며칠을 견디지 못하고 무너졌다는 기억이 새록새록 떠오른다.

심지어 어느 겨울 장작을 패서 힘들게 쌓았는데 아버지가 잘못 쌓았다고 그대로 허물어버린 적도 있다. 화가 나서 씩씩거렸는데 시간이 지난 뒤에야 결국 인정을 해야만 했으니.

작은 개미 한 마리 자기 몸보다 몇 배나 큰 메뚜기 다리를 끌고서 도서관 마당을 건너가고 있다. 나는 동해바다로 전어 낚으러 가야겠다.

도서관 옆 벼가 익어가는 논에서 노는 참새들은 신이 났다. 즐겁다고, 배부르다고 합창을 한다. 그런데 이놈의 참새새끼들 똥은 꼭 내 차 지붕과 유리창에 싸질러놓고 짹짹거린다. 그런 초가을이다.

뜨거웠다.
물도
하늘도
꽃도.
그리고 사람도.

그 이틀 동안 나는 계속 '그렇다고 서둘고 싶진 않다'라는 신동엽 시인의 말을 중얼거리다가 취해 쓰러졌는데 세상의 방바닥은 몹시 차가워서 깜짝 놀랐다.

올해도 아버지와 엄마는 산에 있던 벌통을 가져와 꿀을 내렸다. 나는 벌꿀을 안주로 술을 마시며 다큐 〈겨울에서 봄에게로〉를 시청했다. 라다크의 설산 아래에서 살아가는 미국인 부부와 마을사람들의 이야기였다. 나무 아래에 앉은 저 여자는 남자에게 날이 너무 추워 발에 감각이 없다고 말한다. 그러자 남자는 동상을 방지하기 위해 여자의 신발과 양말을 벗게 하고 얼어버린 맨발을 자신의 옷 속 배 위에 올려놓았다. 여자는 따스하다며 미소를 지었다. 꿀 냄새가 퍼져나가는 방에 반쯤 누워 나는 두 사람이 나누는 애틋한 이야기를 몰래 엿듣다가 잠이 들었다. 꿀을 나르는 벌들이 꿈속에서도 잉잉거렸던 밤이었다.

옛날 춘천여고 뒤편에 자리한 작은 서점과 시청 옆 카페 〈올훼의 땅〉, 그리고 대룡산 아래의 장례식장을 거쳐 원주 탁구장으로 향하면서 나는 춘천여고 건너편 언덕 꼭대기의 자그마한 창문을 계속 떠올렸다. 창문을 열어놓고 담배를 피우며 춘천여고 운동장에서 쏟아져 나오는 학생들과 그 뒤편 봉의산을 바라보던 시절이 있었다. 처음 장만한 오디오에서 흘러나오던 노래를 들으며, 근처 명동 입구의 '명곡사'에서 엘피판을 한 장씩 구입해 듣는 게 낙이었던 시절이다. 고향집에서 생활비가 오면 책과 엘피판, 술값을 어떻게 나눌 것인가를 고민하던 시절이었다. 그 방에서 끄적거렸던 소설들. 신춘문예 마감일에 겨우 소설을 원고지에 옮기고 강원일보에 직접 찾아가 응모했던 기억도 떠오른다.

그 방을 찾아왔던 사람들. 그 방으로 가기 위한 구부러진 계단들. 연탄을 제 때 갈지 않아 얼어터진 온수관으로 인해 석유난로와 전기담요로 난방을 대신했던 겨울. 옆방에 살았던, 알코올을 사랑했던 중국집 주방장. 가끔 주인집 누나가 치던 피아노 소리도 흘러나왔던 집이었는데 아직도 그 모습 그대로 자리를 지키고 있다. 지금은 누가 그 방에서 살며 어떤 꿈을 꾸고 있을까. 몇 년 전에도 그 창문을 물끄러미 올려다보다가 돌아온 적이 있는데. 늦은 밤 언덕 아래 슈퍼에 들러 술과 안주를 사서 검은 비닐봉지에 담아 터벅터벅 올라가던 청춘이 있었는데.

강릉국제영화제에 갔다가 돌아왔다. 김수철을 보아서 반가웠다. 나는 그의 〈정녕 그대를〉이란 노래를 좋아한다. 개막식장에 모인 배우들, 그 중 바다와 유리는 얼굴이 조막만해서 깜짝 놀랐다. 화면에서 보던 것보다 더 많이 늙어서 쓸쓸했다. 그리고 고래서점의 〈배롱야담〉. 우리는 청하 한 병의 취기에 힘을 얻어 〈패터슨〉 〈나의 작은 시인에게〉 〈일 포스티노〉 〈죽은 시인의 사회〉에 대해 중얼거렸다. 그렇게 강릉에서의 이박삼일이 지나가버렸다. 조금 쉬었다가 다시 강릉으로 떠날 예정이다. 이번에는 젊은 날의 밥 딜런을 만날 것이다. 폐막식장의 화면으로. 화면의 불이 꺼지면 아아, 저 배는 달 맞으러 강릉 가는 배, 란 가사를 흥얼거리며 돌아오겠지.

강릉국제영화제의 폐막작인 〈돌아보지 마라〉는 멋졌다. 밥 딜런의 영국 공연을 담은 다큐 영화다. 한글 자막을 볼 수 있어 가사를 읽을 수가 있었는데 왜 밥 딜런이 시인이었는지(!) 비로소 알게 되었다. 아쉽다면 존 바에즈의 공연이 다큐에 없어 아쉬웠다. 전에 책을 읽어 연인이었던 두 사람의 당시 상황을 알았는데…. 하여튼 어느 지점부터 존 바에즈는 화면에서 자취를 감췄다. 지금은 강릉아트센터의 객석에 앉아 가수 양병집의 등장을 기다리고 있다. 그가 한국어로 개사해 부른 밥 딜런의 노래를 듣고 대관령을 넘을 예정이다. 바람 차가운 대관령을 넘을 때 어쩌면 첫눈이 내릴지도 모르겠다. <끝>

길 위에서 쓴 부조리한 현실과 꿈의 기록들

패엽경貝葉經은 패다라수라는 활엽수의 잎에 불교의 가르침을 옮겨 적은 불경이라고 한다. 나뭇잎에 옮겨 적은 불경이라……. 두껍고 무거운 불경이 아니라 한 장의 나뭇잎에 적혀 있는 불경을 떠올리자 왠지 근사했다. 내 책의 제목으로 쓰고 싶다는 유혹을 버릴 수 없었는데 사실 말도 안 되는 욕심이었다. 어찌 나의 잡스런 글에 불경을 올려놓는단 말인가.

하지만 유혹은 강렬해서 2007년에 발간한 첫 산문집 『눈 이야기』 속에 소제목으로 '패엽경'을 들여놓았다. 그 내용은 당연히 불경이 아니라 저잣거리에서 주워들은 것들이었다. 그리고 세월이 흘렀는데 언젠가부터 내가 휴대폰의 자판을 눌러서 무엇인가를 끄적거리고 있다는 사실을 알았다. 물론 나만 그러고 있는 게 아니었다.

사람들은 모두 휴대폰에다가 짧거나 긴 글들을 장소와 시간을 가리지 않고 쓰고 있었다. 문자, 카톡, 페이스북, 트위터, 밴드, 포스트에……. 미소를 짓거나 얼굴을 찡그리는 그 모습들에서 나는 다시 패엽경을 떠올렸다. 나뭇잎 크기만 한 휴대폰 화면 위에다 손가락을 움직여 글을 쓰는 사람들이 갑자기 성스럽게 보이기 시작했던 것이다. 이 산문집의 제목은 그런 연유에 의해 정해졌다. 당연히 불경은 아니다. 지난 십여 년 동안 소설가라는 짐을 지고 이 세상을 걸어가다가 문득 부조리한 현실, 부조리한 꿈이 떠오를 때마다 발걸음을 멈추고 나뭇잎 위에 쓴 짧은 글들이다.

이러한 변명에도 불구하고 불경을 옮겨 적은 패엽경을 산문집의 제목으로 가져왔다는 책임에서 모두 벗어날 수는 없을 것이다. 그래서 지난 1월 네팔에 여행갔다가 모셔온 타라보살의 진언을 여기에 한 자 한 자 옮겨 본다. 얼마 전 달라이 라마는 관음보살의 눈물에서 태어났다는 타라보살의 진언을 반복해 음송하면 코로나를 예방하는데 효과적이며 병의 확산을 완화하고 병을 앓는 사람들에게 마음의 평화를 가져다준다고 하였다.

옴 따레 뚜따레 뚜레 쏘와하om tare tuttare ture svaha

김도연 산문집
패엽경

지은이_ 김도연
펴낸이_ 조현석
펴낸곳_ 북인
디자인_ 푸른영토

1판 1쇄_ 2020년 11월 30일
출판등록번호_ 313 - 2004 - 000111
주소_ 121 - 842 서울 마포구 서교동 467 - 4, 301호
전화_ 02 - 323 - 7767
팩스_ 02 - 323 - 7845

ISBN 979-11-6512-019-1 03810

이 도서의 국립중앙도서관 출판예정도서목록(CIP)은 서지정보유통지원시스템 홈페이지(http://seoji.nl.go.kr)와 국가자료종합목록시스템(http://www.nl.go.kr/kolisnet)에서 이용하실 수 있습니다. (CIP제어번호 : CIP2020048458)

책값은 뒤표지에 있습니다.
저자와 협의 아래 인지를 생략합니다.